『在原業平』——目次

凡例

一、本書には、平安時代の歌人在原業平の歌三十五首を載せた。

一、本書は、業平が新たに切り拓いていった表現に着目することを特色とし、業平の和歌と伝説上の業平像を一端切り離し、歌そのものに即した形で解説することに重点をおいた。

一、本書は、次の項目からなる。「作品本文」「出典」「口語訳」「鑑賞」「脚注」「略歴」「略年譜」「筆者解説」「読書案内」「付録エッセイ」。

一、テキスト本文と歌番号は、主として『新編国歌大観』に拠り、適宜漢字をあてて読みやすくした。

一、鑑賞は、基本的に一首につき見開き二ページを当てたが、重要な作には特に四ページを当てたものがある。

在原業平

01

ちはやぶる神代《かみよ》も聞かず竜田川《たつたがは》唐紅《からくれなゐ》に水くくるとは

【出典】古今和歌集・秋歌下・二九四

不思議が多かった神代《かみよ》でも聞いたことはない、竜田川《たつたがわ》が、鮮やかな深紅《しんく》の色に水を括《くく》り染めにするとは。

【詞書】二条后の、春宮の御息所と申しける時に、御屏風に竜田川に紅葉流れたる形を描《か》けりけるを題にて詠める。

まず百人一首の歌から始めよう。この歌は『古今集』の秋部に載せられていて、藤原定家《ふじわらのていか》はそれをもとに、業平《なりひら》の代表作として百人一首に選んだ。業平にはもっとすばらしい歌がある（それはこれからのお楽しみ）のに、何故定家がこの歌を選んだのかという大きな謎は一端脇に置いて、この歌の魅力について考えてみたい。

和歌の解釈を考える時、大きなヒントとなるのが、その前に付けられている詞書《ことばがき》である。詞書があれば、歌が詠まれた大体の事情がわかるのだが、この歌にはそれがない。では、作られた事情がわからないのかといえば、そうとも言えない。この歌の一首前にある*素性《そせい》の歌には、*二条后が、*春宮《とうぐう》の*御息所《みやすどころ》と申し上げていた時に、*竜田川《たつたがわ》に紅葉が流れている図柄が描いてある屏風《びょうぶ》をもとにして詠んだという詞書がある。勅撰和歌集の歌は、作者、詞書が何も記されていない場合は、前の歌に準ずるという原則があるから、この歌もそう考えてよい。

つまり二条后が*春宮の御息所と呼ばれていた時、絹や紙に絵を描いた屏風を作成させたことがあり、歌人たちにその絵に因《ちな》んだ歌を詠ませた。その中の竜田川に紅葉が散り落ちて浮かんでいる絵柄をテーマにして、素性と業平が歌を詠んだのである。秋の竜田川に紅葉が散り敷いているという実際の景色ではなく、屏風の絵柄をもとにした、このような歌は屏風歌《びょうぶうた》と呼ばれる。単に絵を見るだけでは十分に理解できぬときでも、イアホンガイドなどで描かれている人物や風景について簡単な解説や鑑賞のポイントを聞いたりすると興味が増し、絵をより深く味わうことができる場合がある。屏風歌も、描かれた絵の鑑賞を助ける役割をもって作られたもので、色紙形の紙に書かれ

*素性―平安前期の歌人。僧正遍昭の子。出家して晩年は石上《いそのかみ》に住んだ。

*二条后―藤原高子《たかいこ》。清和天皇の女御となり、後の陽成天皇を生んだ。文人を集めてサロンを開いたといわれ、『伊勢物語』では業平との恋が描かれる。↓03「大原や」、04「人知れぬ」、05「月やあらぬ」

*春宮―皇太子。

*御息所―皇太子の生母である天皇の妃。

*竜田川―奈良県生駒山中に発し、大和川に注ぐ川。紅葉の名所。

*春宮の御息所……―貞観十一年（八六九）―貞観十八年（八七六）の七年間であった。

て屏風に貼りつけられたりしたという。現在、屏風歌付きの屏風絵はなかなか見ることができないが、人物画や風景画の上部などに、文章が書かれているものは多いので、それをもとに想像を広げることができる。

同じ絵をもとにしたこの二首の歌は見事なコントラストをなしている。素性の歌「*もみぢ葉の流れてとまる水門《みなと》には紅深き浪や立つらむ」が、はるか下流の水門（河口）の紅葉という想像の景を詠むのに対し、業平歌は屏風に描かれた竜田川そのもの、絵柄に近い上流の景を詠むこと、素性の歌がもみじ葉の行き着く先という、空間的な下降の方向性をもつのに対し、業平の歌は神代《かみよ》というはるか過去の時間へと遡《さかのぼ》る形をとっていることも対照的である。上流の紅葉と下流の紅葉、空間的下降と時間的遡及《そきゅう》、『古今集』の撰者は、そうした相対する歌を並べる配慮をしているのである。

業平の歌は、神代を引き合いに出して、倒置法《とうちほう》を用いた大上段に構えた詠みぶりで始められ、河に浮かぶ一面の紅葉を、*唐紅《からくれない》の色で*括《くく》り染めされた布に見立てる。だが、いくら川に落ちた紅葉の美を強調するにしても神代にも聞いたことがないというのは大げさすぎる。川は古来から、布をさらす、染色《せんしょく》の工程のために重要な場所であった。そうした染色作業を竜田川が自

*もみぢ葉の…—川一面のもみじ葉が流れ流れて行き着いた河口では、深い紅の波が立っているのだろうか。（古今集・秋下・二九三）

*唐紅—韓紅。唐（韓）から渡来した鮮やかな深紅色。

*括り染め—糸で括って絞り染めにする染色法。「水くくる」を「水括る」ではなく「水くぐる（紅葉が水の下を潜る）」とする説もある。

らの手でやっている、竜田川が自ら鮮やかな括《くく》り染《ぞ》めをしている、そんなことは神代でも聞いたことがないという壮大な*擬人法《ぎじんほう》とみることこそが、この歌の眼目《がんもく》となるのではなかろうか。『古今集』の時代には花や鳥だけではなく、さまざまな抽象物（たとえば「世の中」など）を人であるかのように詠む擬人法が発達した。『古今集』の和歌表現において先駆的役割を果たした業平は、さまざまに斬新《ざんしん》な擬人法を試みているが、この歌もその一つであると考えることができる。

『*伊勢物語』百六段では、この歌は、親王たちが逍遥《しょうよう》されている竜田川のほとりで、実景を見て詠んだものとされている。記述の簡略さからみて、本来二条后のサロンで詠まれた屏風歌であったものを、『伊勢物語』が実際の場で詠んだ形に作り直した可能性が高い。『古今集』で業平作とされる三十首の歌はすべて『伊勢物語』に載せられるが、この歌のように詠まれた場や事情が異なっているもの、よく似ているもの、微妙な違いのあるものなどさまざまである。できるだけそうした違いにも注意しつつ、業平の歌を読んでゆきたいと思う。

*擬人法—片桐洋一『古今和歌集全評釈』は同様の擬人説をとる。

*伊勢物語—平安前期の歌物語。在原業平の一代記風の形をとる約百二十五段からなる短編。作者、成立年代未詳。

02

抜き乱る人こそあるらし白玉《しらたま》の間《ま》なくも散るか袖のせばきに

【出典】古今和歌集・雑歌上・九二三

玉を貫《ぬ》く糸を抜き取って乱し散らす人があるに違いない。白玉が実に絶え間なく散ってくることよ、受け止める袖はこんなにも狭いのに。

紅の染色のイメージをもつ歌の次に、白のイメージの歌をあげたい。倒置法によって、水にまつわる見立てを用いるところは竜田川の歌と似た技法であるが、詞書によれば、こちらは屏風に描かれた景色ではなく実際にその場を見て詠んだ歌になる。布引《ぬのびき》の滝は、新神戸駅に近い、生田川《いくたがわ》中流の四つの滝、激しく落ちる滝の水の飛沫《ひまつ》が盛んに飛び散っているさまを白玉に見立てて詠んでいるから、落差の大きい雄滝《おんたき》を詠んだものであろう。滝には「瀑《ばく》

【詞書】布引の滝のもとにて、人々集まりて歌詠みける時に詠める。
（布引の滝のもとに、人々が集まって詠歌した時に詠んだ歌）

布《ふ》」という別名があったため、漢詩文においては布に見立てられ、その流れは糸に見立てられた。わが国における滝の歌は、布よりは糸の見立てが中心で、飛び散る飛沫を白玉（真珠）とみて、首飾り、あるいは数珠《じゅず》の糸が解け、四方に飛び散るという形で歌われることが多い。

貫く糸（緒）を抜き取って、白玉を乱れ散らすのは誰だろうか。自分の袖では受けきれないのだから、並の量ではない。前の歌が竜田川を擬人化したとするなら、これは滝の彼方に川の神をまなざす幻視の光景、いわば見えざる擬人とでもいうべき歌なのではなかろうか。巨大な川の神が、盛んに白玉を散らしているので、自分の狭い袖では受けきれないのである。*立秋の日に、季節の秋と人生の秋が一時にやって来たのはいったい誰が計り合わせたのだろうか、という*白楽天《はくらくてん》の詩があるように、人知を超えたものを想定し、それを擬人化する手法も漢詩文に由来する。業平は、このように凝《こ》った表現によって、盛んに飛沫を散らす雄渾《ゆうこん》な滝の姿を描いてみせた。

『古今集』では一首前に、同じ布引の滝を詠んだ*行平《ゆきひら》の歌「*こき散らす滝の白玉拾ひおきて世の憂き時の涙にぞ借る」があり、『伊勢物語』八十七段には、*兄弟が摂津《せっつ》の国に住んでいた時の歌として載る。

*立秋の日に―「立秋ノ日楽遊園ニ登ル」（『白氏文集』）。

*白楽天―白居易。中唐の詩人。流麗で平易な詩を作り、日本文学にも大きな影響を与えた。（七七二―八四六）

*行平―業平の兄。（八一八―八九三）。文徳天皇の時に須磨に蟄居し、松風村雨伝説を生んだ。百人一首「立ちわかれ因幡の山の峰に生ふる松とし聞かば今帰り来む」の作者。

*こき散らす……―しごいて散らしたように一面に飛び散っている滝の白玉を拾っておいて、世の中がつらくなった時の涙として借りよう。（古今集・雑上・九二二・行平）。

*兄弟が―→32「難波津を」

03

大原《おほはら》や小塩《をしほ》の山も今日こそは神代《かみよ》のことも思ひ出《い》づらめ

【出典】古今和歌集・雑歌上・八七一

大原野《おおはらの》の小塩《おしお》の山も、今日の日こそは御息所《みやすどころ》の御参詣をお迎えして、神代《かみよ》のことを思い出していることでございましょう。

水を擬人化した歌をみたので、山を擬人化した歌をあげてみよう。「神代《かみよ》のこと」とは、藤原氏の祖先の天児屋根命《あめのこやねのみこと》が、天孫である瓊瓊杵尊《*ににぎのみこと》に付き従って高千穂峰に降臨《こうりん》したはるか昔の神話時代の出来事を指す。そのことを小塩山《おしお》（山の神）が思い出すというのであるが、実はこの擬人法は殆《ほとん》ど顧みられることはない。読者の主たる関心は、別の部分に向けられるからである。

【詞書】二条后のまだ春宮の御息所と申ける時に、大原野に詣で給ひける日、詠める。

*瓊瓊杵尊―天皇の祖先神。天照大神の孫。小塩山の神とも考えられる。

*二条后―→01「ちはやぶ

詞書には、*二条后《にじょうのきさき》がまだ春宮《とうぐう》の御息所と申しあげていた時に、藤原氏の*氏神《うじがみ》である*大原野《おおはらの》神社に参詣《さんけい》なさった日、業平が詠んで奉った歌とあるが、『伊勢物語』七十六段では、参詣に付き添った近衛府の翁（業平）が、この歌を詠んで「*心にもかなしとや思ひけん、いかゞ思ひけん、知らずかし」と、いささか突き放した姿勢をとりつつ、さりげなく二人の過去に何かがあったことをほのめかす。さらに『*大和物語《やまとものがたり》』百六十一段では、后《きさき》が着ていた単《ひと》衣《え》の御衣《おんぞ》を業平に賜わり、歌を聞いて「*昔をおぼしいでてをかしとおぼしけり。」と、自ら過去の恋を認めるという脚色《きゃくしょく》された形で語られる。かつての恋人の後日談という体裁《ていさい》をとるこれらの物語では、皇室と藤原氏との古い結びつきを言祝《ことほ》ぐ「神代のこと」が、二人の過去の恋を暗に示すこととなる。

　業平と二条后の恋の物語は、『源氏物語』における光源氏と藤壺宮《ふじつぼのみや》の密通という構想の源になるなど、後代の文学作品に大きな影響を与えたが、『古今集』を見る限り、実際にあったことなのか、単なる架空《かくう》のお話であったのかという決め手を見出しにくい。だが、『伊勢物語』と照らし合わせると、二条后と業平の恋に関わる歌と見ることができるものがあと二首見られる。次にそれを見ることにしたい。

る」

*氏神―氏族と関係の深い神や祖先神。

*大原野神社―京都市西京区。藤原氏の氏神である春日大社を勧請して作られた。

*心にも……―心の中でも悲しいと思っただろうか、どのように思っただろうか、それはわからない。

*大和物語―平安時代の歌物語。『伊勢物語』の系譜を引く恋愛譚と和歌説話百七十三編が収められている。

*昔を……―昔のことを思い出しなさって、おもしろいとお思いになった。

04

人知れぬ我《わ》が通《かよ》ひ路《ぢ》の関守《せきもり》は宵宵《よひよひ》ごとにうちも寝ななむ

【出典】古今和歌集・恋歌三・六三二

人知れぬ思いで私が通う道の番人は、夕暮れになるたびにちょっと居眠りでもしてくれるといいのだがなあ。

【詞書】東の五条わたりに、人を知りおきてまかり通ひけり。忍びなる所なりければ、門よりしもえ入らで垣の崩れより通ひけるを、度重なりければ、主人聞きつけて、かの道に夜ごとに人を伏せて守らすれば、行きけれどえ逢はでのみ帰りて、詠みてやりける。

東の京の五条に住む人のもとに、表門ではなく垣根の崩れた所を通って、人目を忍んで通っていたが、度重《たび》なったので、屋敷の主人が聞きつけ、通《かよ》い路に人を置いて毎晩見張りをさせたので、逢《あ》うことができずに帰って来て、詠んで送った歌である。通う相手を、『古今集』は東の京の五条あたりの人と曖昧《あいまい》に示すが、『伊勢物語』五段では、「二条后に忍びて参りけるを」と注記される。『古今集』の歌の作者は業平、『伊勢物語』の相手は二条后、双方を照らし合わせると、二人の恋が浮かび上がる仕掛けとなっている。
恋路《こいじ》を邪魔する*関守《せきもり》がいなくなって欲しいが、とてもかなえられそうもない。途方にくれつつ、ふと胸に生まれた小さな思いが口を衝《つ》く。これは現代の若者の間ではやっているツイッターのように、自分の思っていることをちょっと独り言でつぶやいてみた、そんな形をとる歌である。和歌は独詠歌、贈答歌、唱和歌に分類されるが、それには入らぬ、誰に向けるでもない、不特定多数に向けた発信をする独り言のようなポーズをとる形態の歌があって、*業平はそれを得意とした。むろん、歌は女のもとに贈ったのであるが、表現がそうした独り言風なのである。ツイッターには返信する機能があるが、『伊勢物語』ではこの歌を聞いた女（二条后）は思い悩み、主人は二人の仲を許すという大きな反応があった。*思わず口を衝いて出た無心なつぶやきが、相手の心に響き、よい結果となって返ってきたのである。『古今集』は二首後に、「*恋ひ恋ひてまれに今宵ぞあふ坂のゆふつけ鳥は鳴かずもあらなむ」と、まさに恋人同士が結ばれた夜の歌を載せる。『古今集』の恋歌は恋愛の進行に従って並べられているから、この関守の歌は、恋がかなえられる直前の位置に置かれていることになる。

（東の京の五条あたりに、契りを交わした人がいて、通っていたのだった。人目を忍ぶところだったので、表門から入ることができず、垣の崩れたところから通っていたが、度重なったので、その屋敷の主人が聞きつけて、その通い路に毎晩人を置いて見張りをさせたので、男は出かけていったが、いつも逢うことができずに帰って来て、詠んでやった歌）

*関守―関所を守る番人。男女の恋を阻む者の喩えとされることが多い。

*業平は―↓29「世の中にさらぬ別れの」

*思わず…―このように和歌を詠むことによって何らかのよい結果を生じさせる話型を歌徳説話という。

*恋ひ恋ひて…―恋い続けてようやく今宵逢うことができた、逢坂の関にいる木綿をつけた鶏もどうか鳴かないで欲しい。（古今集・恋三・六三四・よみ人しらず）

05

月やあらぬ春や昔の春ならぬ我が身一つはもとの身にして

【出典】古今和歌集・恋歌五・七四七

月が去年の月と同じではないのだろうか、梅薫るこの春が去年の春と同じではないのだろうか。私だけがもとのままの我が身であって。

*西行《さいぎょう》が愛唱し、*藤原俊成《ふじわらのしゅんぜい》や*藤原定家《ふじわらのていか》が「繰り言のように褒美《ほうび》せられた」とされる業平の代表作である。倒置によって「わが身ひとつはもとの身にして」と、結句を「て」止めとして、激烈な心情の表出を中途で途切れさせたところに無量の思いがこもる歌である。

詞書には「*五条の后の宮の西の対《たい》に住みける人に、本意《ほい》にはあらでもの言ひわたりけるを、正月《むつき》の十日あまりになむ、他所《ほか》へ隠れにける。在《あ》り所は聞

*西行―平安後期の歌人・僧・二十三歳で出家。多くの秀歌がある。(一一一八―一一九〇)

*藤原俊成―→19「年を経て」

*藤原定家―俊成の子。『新古今集』の編者・歌人。(一一六二―一二四一)

きければ、え物も言はで、又の年の春、梅の花盛りに、月のおもしろかりける夜、去年を恋ひてかの西の対に行きて、月の傾《かたぶ》くまで、あばらなる板敷《いたじき》に伏せりてよめる」とある。

この詞書も前の歌と同様、通った相手についての肝心な情報はなく、「五条の后の宮の西の対に住みける人」とあるばかり、『伊勢物語』四段でも相手については明記されないが、三段と五段の段末注記によって相手の女性は二条后高子《たかいこ》であるとわかる仕組みになっている。二人が出会う可能性があるのは、高子が五節舞姫《ごせちのまいひめ》に選ばれた十七歳の時、業平は三十五歳で十七歳年長であった。業平にとっては、青春の只中というより、分別盛りの恋となる。どちらも*奔放な性格であったともいわれるが、*清和天皇《せいわてんのう》の後宮に入る予定の女性との恋が事実だとしたら、業平が清和朝で順調な昇進をしたのが腑*に落ちず、現在では、二人の恋はフィクションであって、*「ちはやぶる」の歌の詞書にみられる二条后が主催した文化サロンで作られた物語ではないか、という見方が有力となっている。

歌の解釈については、古来から、二つの「や」が疑問なのか反語《はんご》なのかという対立をみてきた。疑問であれば、月も春も変わってしまって、我が身は

＊五条后……—五条后（順子）の御殿の西の対の屋に住んでいた女性に、なかなかうまくゆかぬ状態で、思いを寄せ続けていたところ、正月の十日過ぎ頃に、他の所に隠れてしまった。居場所は聞いて知っていたが、便りをすることもできず、翌年の春、梅の花が盛りで、月の美しかった夜に、去年のことを恋しく思い、あの西の対の屋に行って、月が西の空に傾くまで、がらんとした板敷に横になっていて詠んだ歌。

＊奔放な性格—業平は恋多き男であるが、二条后も晩年に僧善祐と密通したとして后の位を停廃させられた（寛平九年・八九七）という記事がある。

＊清和天皇—第五十六代天皇。文徳天皇の第四皇子。母は藤原明子。（八五〇—八八〇）

変わらないという形で上句と下句が対比されるが、反語では、変わらぬ自然と変わらぬ我が身が一続きとなり、代わりに歌のことばでは示されぬ相手（二条后）が余情《よじょう》として浮かび上がる仕組みである。この「―や―や」という係助詞の繰り返しには、疑問の用法しかないことが指摘されており、以来疑問説で決着をみたように思われる。

上句と下句に見られる自然と人事との対比は、*「年々歳々花ハ相似《あいに》タリ歳々年々人ハ同ジカラズ」というような、変わらぬ自然と変わりゆく人間を歌う漢詩文の類型を踏まえている。月も春も変わってしまったのだろうかという男の疑問の前提《ぜんてい》には、変わらぬ月、変わらぬ春があることになる。さらに、*三代集《さんだいしゅう》の詞書に見られる「またの年」という語は、人の死を悼《いた》む哀傷《あいしょう》部《ぶ》に多く、『伊勢物語』四段もそうした哀傷の心と無縁《むえん》ではないという説もある。最愛の人の喪失《そうしつ》は、この世における最も大きな喪失である「死」に等しい。この歌はそうした深い喪失の思いを自然との対比で歌った歌ではないだろうか。

そこで想起されるのは、中国における妻を失った嘆《なげ》きを詠む、*潘岳《はんがく》に始まる「悼亡詩《とうぼうし》」の系譜である。潘岳は朧々《ろうろう》たる秋月を見て亡き妻を思い、*沈約《しんやく》

*腑に落ちず―目崎徳衛『平安文化史論』→付録エッセイ

*ちはやぶる―→01「ちはやぶる」

*年々……―年ごとに花は同じように開く。だが年ごとに見る人は異なるのだ。（劉希夷「代白頭吟」）。

*三代集―『古今集』、『後撰集』、『拾遺集』の三つの勅撰集。

*潘岳―晋の文人。美男で流麗な詩文を書いた。（二四七―三〇〇）

*沈約―梁の学者。博学で詩文に秀でていた。（四四一―五一三）

は「*去秋三五ノ月　今秋還《ま》タ房ヲ照ラス　今春蘭蕙《らんけい》ノ草　来春復《ま》タ芳ヲ吐ク　悲シイカナ人道ハ異ナリ　一タビ謝スレバ永ク銷亡《しょうぼう》ス」と、この歌によく似た詩を詠んでいる。

　このように愛を喪失の相において語る姿勢は『伊勢物語』の随所に見られるが、それは、「愛の最も真実な形は、喪失によってしか捉えられぬ」と言った*プルーストに通じるものがある。喪失の側からみれば過去は永遠の相を帯びて輝き続ける。業平と二条后の恋はフィクションかもしれない。だが仮にフィクションであるとしても、この歌の格というものが、最高の身分の女性との恋と喪失の物語を引き寄せる力を有していたということができるのである。

＊去秋……——去年と変わらぬ秋の十五夜の月は今年もまた妻の部屋を照らし、今年の春の香り草は来春もまたよい薫りを吐くだろうが、悲しいことに人は違っていて、一度この世を去れば永遠に戻らない。（悼亡・玉台新詠）。『玉台新詠』は中国六朝時代の恋愛詩を多く集めた詩集。

＊プルースト——二十世紀初頭のフランスの小説家。代表作『失われた時を求めて』は、人間の生を実態よりも「意識の流れ」という深層心理的手法を駆使して描いたもの。

06

唐衣《からころも》着つつなれにしつましあればはるばる来ぬる旅をしぞ思ふ

【出典】古今和歌集・羇旅《きりょ》・四一〇

からころもを着なれるように、馴《な》れ親しんできたつま（妻）が都にいるので、はるばるやって来たたび（旅）のことをしみじみ思うのである。

業平の*東下《あずまくだ》りの際に詠まれたとされる有名な歌。詞書は次の通りである。「東《あずま》の方《かた》へ、友とする人、一人二人誘《いざな》ひていきけり。三河国八橋《みかわのくにやつはし》といふ所に至《いた》れりけるに、その川のほとりにかきつばたいとおもしろく咲けりけるを見て、木の陰《かげ》に下《お》り居《ゐ》て、かきつばたといふ五文字《いつもじ》を、句の頭《かしら》に据《す》ゑて旅の心をよまんとてよめる」。

三河国は、愛知県の東部の旧国名、八橋は現在の知立市《ちりゅうし》にある地名、そこ

【詞書】―東国の方へ、友人を一人二人誘って出かけたのだった。三河国の八橋という所に着いたところ、その川のほとりに、かきつばたがたいそう美しく咲いていたのを見て、木蔭に、馬から下りて座り、「かきつばた」という五文字を、各

にある橋が架《か》けられた川のほとりに咲いていた花、かきつばた*の五文字を歌の各句の最初に一文字ずつ組み込んで（折句《おりく》*）、都に残してきた妻への思いを歌う。「なれ」は馴れ（馴れ親しむ）・褻《な》れ（普段に着なれる）、「つま」は妻・褄《つま》（着物の裾）、「はる」は遥・張る（衣を張る）、「き」は来・着の掛《かけ》詞《ことば》であり、「褄・張る・着る」は「唐衣《からころも》」の縁語《えんご》、「唐衣着つつ」は「なれ」に掛かる序詞《じょし》である。「唐衣」を「着る」を導く枕詞《まくらことば》とする説も加えれば、枕詞、序詞、掛詞、縁語といった和歌の基本的な修辞技法がすべて含まれている上に、あまり用いられない折句という技法まで加わっている超絶技巧を駆使《くし》した歌なのである。しかもそこにきちんと京にいる妻への思いまで歌いこんでいるので、『伊勢物語』九段では、感動した一同が涙を流し、乾飯《かれいい》*がふやけてしまったという大げさな反応まで描かれる。

和歌には、物名《もののな》という、主想とまったく関わりのない物の名前を歌のなかに折り込む掛詞に似た技法があった。たとえば、「今いくか春しなければ鶯もものはながめて思ふべらなり」（『古今集』・物名《もののな》・四二八・貫之*）という歌には「桃の花」という語が詠み込まれている。折句は、そうした物名のなかでも五文字のものを解体して、歌の各句の最初に一字ずつ詠み込む特別に

句の初めに置いて旅の情を詠もうといって詠んだ歌。

*東下り―京から東国に下ること。業平が実際に東下りをしたかどうかは不明。

*かきつばた―アヤメ科の植物で、初夏に濃紫色の花を咲かせる。

*折句―当時の本には濁点が記されないので、清濁の違いは考えなくてよい。

*乾飯―旅に持参する携帯用の食料。

*貫之―紀貫之。歌人で、古今集の撰者。（八七〇？―九四五）

遊戯性の高い技法であり、秋の七草の一つである「をみなへし」を詠み込んだ「をぐら山みねたちならしなく鹿のへにけむ秋を知る人ぞなき」(『古今集』・物名・四三九・貫之)といった例もみられる。

こうした技法は、現在では周囲を凍り付かせる「おやじギャグ」に分類されてしまうのかもしれない。たしかに掛詞や物名(折句を含む)は駄洒落《だじゃれ》といってしまえばそれまでである。遠く離れた妻への思いはもっと素直に詠うべきではないか、こんな技巧を凝らすのは思いがこもっていないのではないか、そんな意見もあるだろう。それに対して一つの答えを出した本が最近刊行された。その本は、この歌の技法について「偶然の力*、人の意志を超えた運命的な力によって、ある形がぴたりと決まる。その運命的な力を感じ取ることが、人々の心を一つにするのである。望郷の悲しみが、今この場所で逃れがたい運命であることを言葉において実現している。」と、言葉が、たくさんの条件をクリアしつつ、しかも整然とした美しい型の中にはまること自体、めったにおこらない運命的な偶然であるから、そうしたマジカルな歌の力に、当時の人々は大層感動したのだと述べている。

本来は別の意味を持つ二つの言葉を、音の共通性によって一語にまとめて

*偶然の力……渡部泰明『和歌とは何か』(岩波新書・二〇〇九)

しまう掛詞（物名、折句はその応用的変型）という技法を、当時の人々が楽しむことができたのは、音声言語の方が文字言語よりも古いものであるため、時代が下るに従って細かな意味に分けられてしまった言葉が、より始原《しげん》のものに戻ろうとする働きに快感を覚えたからではないだろうか。それは、人がより本源的なものへ近づこうとする時に起こる危険と魅力を秘めた感覚を呼び覚ます技法だったのである。

当時はそうした感性がまだ生き生きと発動していた時代であったのだろう。現代は、言葉の意味を分けることにばかり関心が集まり、そうした言葉の源へと向かう興味が失われかけている時代になってしまった。おやじギャグが周囲を凍らせるのは、そうした始原の言葉に対する心の回路が、時代や文化という幾重《いくえ》もの壁に隔《へだ》てられ、見い出しにくくなってしまっているからであろう。

07

名にしおはばいざ言問《こと と》はむ都鳥《みやこどり》我《わ》が思ふ人はありやなしやと

【出典】古今和歌集・羈旅《きりよ》・四一一

その名を持っているならば、さあ尋ねよう。都鳥《みやこどり》よ、私の想うあの人は無事でいるかどうか、と。

『古今集』では、「唐衣」(06)の歌の次にあり、集の中で最も長い詞書を持つ。＊武蔵国《むさしのくに》と＊下総国《しもつふさのくに》の間にある隅田川＊の岸辺に着き、たいそう都が恋しく思われたので、しばらく川のほとりでもの思いにふけっていると、渡し守に「早く舟に乗れ。日が暮れてしまう。」と言われ、舟に乗って渡ろうとすると、ちょうどその時、嘴《くちばし》と脚が赤い白い鳥が、川べりで遊んでいた、京では見たことのない鳥なので、名を尋《たず》ねると、「これこそが、あの都鳥＊だ」と

【詞書】武蔵国と下総国との中にある隅田川のほとりに至りて、都のいと恋しうおぼえければ、しばし川のほとりに下り居て思ひやれば、限りなく遠くも来にけるかな、と思ひわびてながめをるに、渡守、「はや舟に乗れ、日暮れぬ。」と言

答えたのを聞いて詠んだとあって、業平が東国へ下り、隅田川までやってきた時の歌とされる。

花火大会で有名な隅田川界隈《かいわい》は、昨今スカイツリーが完成し、歌に因んだ言問橋《こととい　ばし》や業平といった地名が残されているが、当時は武蔵と下総の国境にある鄙《ひな》びた地域であった。ここを越えると、都からさらに離れた僻遠《へきえん》の地となる。心細い思いで望郷《ぼうきょう》の思いにくれる一行に、船頭は無情にも「船に乗れ」と先を急がせる。

この船頭とのやりとりは、中国の古代文学『楚辞《そじ》』*の「漁父」を踏《ふ》まえているとする説がある。楚の王族である屈原《くつげん》は、心が清らかであり過ぎたために反感を買って王に告げ口をされ、信じた王によって宮廷を追放されて川のほとりをさまよい、一人の漁父に出会う。この屈原の放逐《ほうちく》、放浪のイメージは、『古今集』よりも、『伊勢物語』九段の「身をえうなき者に思ひなす（身を役に立たないものと思い定める）」男の造型の方に色濃く反映《はんえい》されているが、船頭のそっけないことばには、隠者《いんじゃ》と目される漁父が屈原に向けて歌う、世の状況をみて己の生き方を決めよと諭《さと》すような処世哲学はみられない。業平の歌にも、屈原のような憂国《ゆうこく》の志《こころざし》はみられず、都鳥という鳥の名

ひければ、舟に乗りて渡らむとするに、みな人ものわびしくて京に思ふ人なくしもあらず。さる折に、白き鳥の嘴と脚と赤き、川のほとりにあそびけり。京には見えぬ鳥なりければ、みな人見知らず。渡守に、「これは何鳥ぞ」と問ひければ、「これなむ都鳥」と言ひけるを聞きて詠める。

（武蔵国と下総国との間にある隅田川の岸辺に着いて、都がたいそう恋しく思われたので、しばらく川のほとりで、馬から下りて座って思いやると、随分遠くまで来てしまったことだな、とつらい気持ちでもの思いにふけってぼんやりしていたところ、渡し守が、「早く舟に乗れ。日が暮れてしまう。」と言うので、舟に乗って渡ろうとすると、一同は何となく心細

によって一段と強まる京の人への思恋《しれん》の情が感じられるばかりである。「唐衣」の歌ほど複雑な技巧《ぎこう》はなく、倒置法と、都鳥に対して人であるかのように呼びかける、頓呼法《とんこほう》といわれる二人称擬人が使われている、比較的わかりやすい歌である。

結句の「ありやなしや」については、単に無事でいるかどうかではなく、相手の生死を気遣《きづか》っているとする解釈がある。『伊勢物語』九段では、唐衣の歌とこの歌との間に、「*駿河なる宇津の山辺のうつつにも夢にも人に逢はぬなりけり」と、宇津の山でたまたま出会った修行者《しゅぎょうじゃ》に、京の人へと言伝《ことづ》てた歌が挿入《そうにゅう》される。相手がこちらを思っていれば、*面影《おもかげ》か夢となって現れるはずであるから、それができないのは相手の生命に何かあったのかもしれないという不安が兆《きざ》すことになる、そんな歌の後に配される場合は、確かに相手の生死を危《あや》ぶんでいるという意味まで考えることも可能であろう。だが、宇津の山の歌が載《の》せられていない『古今集』においては、もうすこしさらりと、相手の安否《あんぴ》を問う意であると解したい。中国、盛唐の詩人王維《おうい》にこんな作がある。「*君故郷ヨリ来タル　応《まさ》ニ故郷ノ事ヲ知ルベシ　来日《らいじつ》綺窗《きそう》ノ前　寒梅花ヲ著《つ》ケシヤ　未《いま》ダシヤ」、「綺窗《きそう》」とは美しい綾絹《あやぎぬ》の飾りのある窓

く、京に深く思う人がいないわけでもない。ちょうどその時、白い鳥で、嘴と脚が赤いのが、川べりで遊んでいた。京では見たことのない鳥なので、誰も見覚えがなかった。渡守に「これは何という鳥か」と尋ねると、「これこそが、あの都鳥だ」と答えたのを聞いて詠んだ歌）

*武蔵国―現在の東京都と埼玉県のほぼ全域と、神奈川県東部を含めた地域の旧国名。

*下総国―現在の千葉県北部と茨城県南部にあたる地域の旧国名。

*隅田川―東京都東部を流れ東京湾に注ぐ川。

*都鳥―都鳥はチドリ目ミヤコドリ科の鳥だが背が黒色。白い鳥で嘴と足が赤いのはユリカモメ。

*楚辞―もと中国の楚の地方

で、女性の部屋を指す。窓辺の寒梅《かんばい》が花をつけていたかどうかとは、妻の安否を故郷から来た旅人に問うているのである。故郷を思うこと、妻の安否を問うこと、さらに「花ヲ著《つ》ケシヤ未《いま》ダシヤ」という対義表現は「わが思ふ人はありやなしやと」によく似ている。この詩は「雑詩三首」という三首の連作の二首目、妻が遠く離れた夫を気遣う二首の間に挟まれた一首で、夫が逆に妻の安否を問う形で詠まれたもの、遠く離れた夫婦が互いに相手を思いやるという、中国に古くからある詩の類型に属している。都鳥という鳥の名を契機として詠まれたこの歌も、遠く離れた妻を思いやっている中国の詩の型を踏まえたものであったように思われる。なお、「唐衣」(06)の歌と、この歌は、業平の東下りの歌としてよく知られているが、彼の東下りはフィクションだとする説もある。

に発生した民謡をもとに、屈原とその後継者達の韻文を集めた作品。

＊駿河なる…―駿河の国にある宇津の山、その名のように現にも夢にもあなたにお目にかかれないことです。

＊面影―「面影」は、寝ていて見る「夢」に対するもの。現代でいう「面影」とは異なり、覚醒時幻想ともいうべき、はっきりとしたものであったという。

＊君故…―あなたは故郷から来られた、だから故郷のことを知っているだろう。あちらを出発した日、飾り窓の前の寒梅は花をつけていたかどうか。

08

行《ゆ》き帰り空にのみして経《ふ》ることは我がゐる山の風早みなり

【出典】古今和歌集・恋歌五・七八五

行ったり来たり、空にばかりいるのは、雲の私がいるべき場所である山に吹く風が早すぎるから、あなたが私を近づかせないのです。

「＊天雲《あまくも》のよそにも人のなりゆくかさすがに目には見ゆるものから」に対する返歌。歌を贈ったのは、＊紀有常《きのありつね》の＊女《むすめ》、業平の妻である。

二条后との恋にまつわる歌をみてきたが、業平にはれっきとした正妻がいた。意に染《そ》まぬことがあって、少しの間、業平は、妻のところを昼に訪れて夕方には帰ることばかり繰り返していたので、こんな＊皮肉《ひにく》な歌を詠みかけられたのである。昼に来て、夜には帰るという当てつけたような態度をとる夫

＊天雲の…―はるか隔たった天の雲のようにあの人は遠い存在になってゆきます。そうはいっても妻である私の目には見えるのですけれど。（古今集・恋五・七八四）

＊紀有常―紀名虎の子。（八一五―八七七）。文徳天皇の更衣、

のことを、三人称の「人」と呼ぶのはわかるが、「私の目には見えるのですけれど」という当たり前すぎる表現が気にかかる。

『古今集』の恋歌に使われている「見ゆ」という語は否定表現を伴って逢えないつらさを表す場合が殆《ほとん》どで、肯定表現となるのは夢に「見ゆ」と詠まれる時であるから、昼日中にあなたの姿が見えますよなどと、わざわざ歌に詠むのはまったくの例外なのである。このことばが腑《ふ》に落ちなかったためか、あるいは恋多き男業平に決まった妻がいてはまずいためか、『伊勢物語』十九段において、この贈答は、宮中に仕《つか》える男女の間に交わされたものに改められている。確かに職場恋愛なら、恋が冷めても相手が目に見えるところにいるのは不自然ではない。理屈は通るが、当たり前すぎて今一つ面白味《おもしろみ》に欠ける改変である。

もとの贈答の形と考えられる『古今集』の贈歌の「目」は、「妻」との掛詞とみて、遠いもの、自分には手の届かない「天雲」になりゆく夫の姿が「妻」にだけは見えると考えてみてはどうだろうか。物語や詩において、天女、神仙、妖怪といったものは、特別な人物にしか見えないという設定がされる場合が多い（たとえば『源氏物語』の六条御息所《ろくじょうのみやすどころ》の生霊《いきりょう》は源氏にし

紀静子の兄。惟喬親王の伯父にあたり、業平とも親しい。業平は彼の婿であった。

＊（紀有常の）女―実名は不明だが、世阿弥の謡曲「井筒」にシテ（主人公）として登場する。歌はこの一首しか残されていない。

＊皮肉な歌―詞書に「業平朝臣、紀有常が女にすみけるを、恨むることありて、しばしの間、昼は来て夕さりは帰りのみしければ、詠みてつかはしける。（業平が紀有常の娘を妻としていたのだが、不満に思うことがあって、しばらくの間、昼にやって来て夕方には帰るということばかりしていたので、詠んで贈った歌）」とある。

か見えない)。そう考えると、妻である自分には、天雲という人ならぬものになりゆく夫が見えると詠《よ》んでいることになる。

人が雲に化す例は、やはり中国にあって、神女が雲になって楚《そ》の王様の夢に現れて契《ちぎ》りを結ぶ「*高唐賦《こうとうのふ》」という作品などは、わが国でもよく知られていた。業平を神仙(ジェンダーを変換させれば神女)に見立て、「天雲のよそ」なる世界、住む世界を異にする特別な人物が見える、本来は見えぬはずのものが、妻である自分の目には見えるとした歌と考えれば、業平が「雲」に身をなして答えたことにも納得ができる。こんな凝《こ》った歌の作者は、有常女《ありつねのむすめ》ではなく、父の有常であったのかもしれない。

無論、業平は、「雲」に身を変じて歌を返す。この歌である。山であるあなたに近づきたくて行ったり来たりしているけれど、風が早くってね(あなたの風当たりが強くてね)、と。「山」と「雲」は漢詩文において、本来仲むつまじい一対を表す。擬人の歌をいくつか見てきたが、これはその反対で、人が物になるという技法なので、あまりメジャーではないが、「擬物法《ぎぶつほう》」という呼び方をすることもできる。

相手のつれなさを風のはげしさにたとえた歌といえば、*源俊頼《みなもとのとしより》の百人

*高唐賦—『文選』に載る。

*源俊頼—源経信の三男。金葉集の撰者。(一〇五五—一一二九)。

一首歌「うかりける人を初瀬の山おろしよはげしかれとは祈らぬものを」が思い出される。わかりにくい歌だが、この業平の贈答歌を念頭《ねんとう》に置くとなかなか面白い。妻や恋人のつれなさ、あるいは不機嫌を、何だか風当たりが強くってね、とぼやく男は、自分を、雲の立場に身を置いているのかもしれない。とすれば、俊頼は業平に継ぐ二代目の「雲男」である。

*うかりける…—つれない人を、私になびくようにと（初瀬の観音様に）祈りこそしたが、初瀬山から吹きおろす風よ、おまえが激しくあれ（あの人からの風当たりが強くなれ）とは祈らなかったものを。（千載集・恋二・七〇八）

09

紫の色濃き時は目もはるに野なる草木ぞわかれざりける

【出典】古今和歌集・雑歌上・八六八

紫草の色が濃い時には、目を見張って遥々と見渡される野にある草木が区別することなくいとおしく思われるのです（妻への愛情が深い時には、その縁につながるすべての人がわけへだてなく親しいものに感じられるのです）。

詞書に、「妻《め》のおとうとを持《も》て侍《はべ》りける人に、袍《うへのきぬ》を贈るとて詠みてやりける」とある。「おとうと」は、現代では年下の男兄弟を指すが、この時代は男女に関わらず同じ親から生まれた年下の人をいったから、ここでは、業平の妻である有常女の妹のこと、「持て侍りける人」とは、その妹を妻としている人、つまり妹の夫、業平の義弟《ぎてい》である。「袍《うえのきぬ》」とは、男子が衣冠《いかん》・束《そく》帯《たい》の時に着る上着である。

＊妻の……―妻の妹と結婚していました人に袍を贈るというので詠んでやった歌。

『伊勢物語』四十一段では、高貴な身分の夫を持つ姉と貧しい夫を持つ妹の話となっている。儀式の多い年頭《ねんとう》の出仕《しゅっし》の準備のために、夫の袍の洗い張りをしたが、不慣れなために破ってしまい、泣き崩れる妹に同情して、姉の夫が歌を添えて贈ったという。

この歌は、『古今集』で、一首前にある「紫の*ひともと故に武蔵野の草はみながらあはれとぞみる」、愛する人を紫草にたとえ、紫草があるために、それが生えている武蔵野の周辺、つまり一族郎党に愛情が及ぶのだという歌をもとにしている。このよみ人しらず歌は、『源氏物語』における桐壺更衣、藤壺宮、紫上といった基軸となるヒロインを「紫のゆかり」として結ぶ発想の源ともなったことで知られるが、業平の歌はその影響を受けた早い例といえよう。

紫（紫草）は、その根を紫色の染料とするが、花の色は白である。この歌で、白を「色濃き時」としているのは不思議な表現で、実際の紫草の花の色よりも、染色された紫のイメージを幻想し、その色の深さが妻への思いであるとしているのかもしれない。

＊紫の……――この紫草の一本があるために、武蔵野の草はすべていとおしいと思って見ることだ。（古今集・雑上・八六七・よみ人しらず）

10

見ずもあらず見もせぬ人の恋しくはあやなく今日《けふ》やながめ暮さむ

【出典】古今和歌集・恋歌一・四七六

見なかったのでもない、といってはっきり見たわけでもない人が恋しくて、わけもなく今日一日を物思いにふけって過ごすことになるのでしょうか。

詞書は「右近*の馬場《うまば》のひをりの日、むかひに立てりける車の下簾《したすだれ》より、女の顔のほのかに見えければ、詠むでつかはしける」と、この歌を贈った事情を説明する。

「ひをり」は古来から定説がない難しい語であるが、右近衛府*の馬場で五月五日に行われる*騎射《きしゃ》の荒手結《あらてつがい》（予行練習）のこととみておく。にぎやかな行事であるから、その前の予行練習にも、多くの京の男女が見物につめか

*右近の……―右近衛府の馬場で騎射の試合が行われた日、向い側に止めてあった車の下簾の間から女の顔がかすかに見えたので、詠んで贈った歌。

*右近衛府―天皇の警備を役目とした役所。左近衛府と右近衛府がある。

け、そこで心引かれる相手に出会うこともあったのだろう。ほぼ同じ頃に行われた葵《あおい》祭の日に飾る植物「葵（歴史的仮名遣いでは「あふひ」）」が、男女が相逢う「逢《あ》ふ日《ひ》」と掛詞にされるのは、大勢が集まる祭りの日には、恋が生まれるチャンスが多いという意味合いもあった。

「下簾」とは、牛車《ぎっしゃ》の簾の内側からかけたカーテンのような垂れ布である。外に長く垂らしたので「下簾」という。騎射の予行練習を見物に来た牛車の下簾の間から、ちらりと女の顔が見えたので、歌を贈ったのである。*壬生忠岑《みぶのただみね》の「*春日野《かすがの》の雪間《ゆきま》を分けて生ひいでくる草のはつかに見えし君はも」という、春日祭でちらりと見かけた女性を早春の雪間の景に喩《たと》えた美しい序詞を持つ歌も、よく似た発想をもつ。

単純な肯定と否定だけでなく、「ず」、「ず」、「ぬ」と三つの否定語を用いてわざわざ屈折した文脈を織りなす上二句は、見たか見ないかわからぬ、すれすれの「見」をうまく表現し、繰り返される肯定と否定のゆらぎは、祭りという非日常の時空のなかで高下する男心の起伏を伝える。

この歌には、「*知る知らぬなにかあやなくわきて言はむ思ひのみこそしるべなりけれ」という女の返歌がある。初めて歌を贈られた女の*返歌にして

＊騎射—馬上で弓を射る行事。

＊壬生忠岑—『古今集』の撰者。歌人。

＊春日野…—春日野の雪の間を分けて萌え出てくる若草のようにわずかに見かけたあなたよ。（古今集・恋一・四七八）

＊知る知らぬ…—知るとか知らないとかどうしてわけもわからず区別しておっしゃるのでしょうか。あなたのひたむきな「思ひ」の火だけが私への道しるべとなるのです。（古今集・恋一・四七七・よみ人しらず）

＊返歌—→12「浅みこそ」

は、拒否的なニュアンスが希薄《きはく》で、しかも男の歌の「見た」ことを直接受けずに、「知る」を軸とした肯定と否定で答えるという、定式を少し外れた歌である。だが、まったく食い違っているわけでもなく、贈歌の「あやなく（分別を忘れる）」はきちんと受けて、その対義語の「わく（識別《しきべつ》する、判別《はんべつ》する）」を用いる。恋にあやめ（道理）を失ったはずなのに、どうして「見た―見ない」などいう区別を持ち出すことができるのでしょうと切り返したのである。

だがこれは上三句だけに留《とど》まる弱い切り返しで、次の四、五句では、私を思うあなたの心の炎だけが、道理もわからぬ恋の闇を照らす道しるべとなるのですと、男を励《はげ》まし、自らのもとへ誘う大胆な内容に転じている。「思ひ」の「ひ」は「火」の掛詞、現代でも使われる「炎のような恋の思い」といった常套《じょうとう》表現は、当時既に掛詞として存在していたのである。

男の歌の「見る」を「知る」と受けることについて、「不見不知（見ず知らず、～を見ないし知りもしない）」という漢訳仏典《かんやくぶってん》*の慣用表現に拠《よ》ったという説があるが、従うべきであろう。肯定―否定の繰り返しや対義表現は、漢詩文にも見られるが、その比率は仏典の方がはるかに多い。大陸の新しい

＊漢訳仏典の…―石井公成「曖昧好みの源流―『伊勢物語と仏教』」（『文学』5―5）

仏教を取り入れた平安期の僧侶《そうりょ》たちは、そうした否定、対義表現を盛んに用いて、当時の聴衆を引き込み、魅了する語りを、さまざまな場で行なってい
たと考えられる。業平やその周辺の人々は、そうした表現を耳にして新しい歌を作り出すヒントとしたに違いない。

ちなみに『伊勢物語』九十九段は、ほぼ『古今集』と同じ形であるが、最後に一行、「のちは誰と知りにけり。」と、後に男が女の素性《すじよう》を知るようになったとしている。

11

起きもせず寝もせで夜を明かしては春のものとてながめ暮らしつ

【出典】古今和歌集・恋歌三・六一六

起き上がりもせず、といって寝ているでもなく、夜を明かしては、昼は昼で、春の季節のものである、折からの長雨に降りこめられて、ぼんやりと物思いにふけって過ごしたことです。

『古今集』恋歌三の巻頭歌《かんとうか》。『古今集』恋部の歌は恋の進行の時間順序によって配列されており、恋歌三の半ばでようやく*二人が結ばれる歌となるので、それに従えば、この歌は未だ結ばれない恋を詠んでいることになる。まだ逢瀬《おうせ》を遂げることができず、折からの春の長雨に閉じ込められて鬱屈してゆく男のやるせない思いを相手の女性に訴えているのである。

『伊勢物語』二段においては、姿よりも心のまさる人妻のもとに出かけ、

【詞書】三月《やよひ》の一日《ついたち》より、忍びに人にものら言ひて後に、雨のそぼ降りけるに詠みてつかはしける。

（三月の初め頃から、ひそかにある人と恋の語らいをするようになって、その後に、雨がしとしとと降っている日に詠んで贈った歌）

「*ものがたらひて」、その翌朝贈った*後朝《きぬぎぬ》の歌となっている。だが、男の心の満たされぬ思いを詠んだこの歌は、あなたと逢《あ》って恋しさが一層つのりましたよ、と詠むべき後朝の歌の原則にはずれている。「夜を明かしては」の「ては」は、幾夜《いくよ》もそうした状況が繰り返されたことを意味するから、そもそも一夜を明かした後に贈る後朝の歌にはなり得ないが、『伊勢物語』は、『古今集』の歌と詞書《ことばがき》をもとにして、相手に対して積極的な行動に出られない男の後朝の歌に仕立ててしまったのである。

「ながめ」は、折からの景物である「長雨《ながめ》」と、所在ない恋の物思い「ながめ」との掛詞。*長雨の降る季節は宗教的物忌《ものいみ》に入っていて、男女が相逢わなかったことを「ながめ忌み」といい、略して「ながめ」というようになったとされるが、ものを見る態度が心象表現へと転じた語であり、*小野小町《おののこまち》の「*花の色はうつりにけりないたづらに我が身世にふるながめせしまに」、という歌にみられる「ながめ」はその一例である。過去を振り返るような小町の歌に対し、業平は現在の満たされぬ恋の懊悩《おうのう》を、春の風物の中に溶けこませて歌い上げる。

次の二首も「ながめ」と関わる歌である。

*二人が……→04「人知れぬ」

*ものがたらひて―他に用例がないので、逢瀬を遂げたことなのか、不首尾であったかがはっきりしないが、歌の内容からみれば後者。

*後朝―男女が共寝をして過ごした翌朝。

*長雨の……―折口信夫「伊勢物語私記」（『折口信夫全集』一五・中央公論社）

*小野小町―六歌仙の一人で、仁明天皇の後宮に仕えた。美人の代表として伝説化される。

*花の色は……―花の色はむなしく色あせてしまった、降り続く長雨のために。なすすべもなく世を過ごしてもの思いにふけっている間に。（古今集・春下・一一三）

12

浅みこそ袖はひつらめ涙川身さへ流ると聞かば頼まむ

【出典】古今和歌集・恋歌三・六一八

お気持ちが浅いので、流す涙が川となっても、浅くて袖が濡れる程度なのでしょう。涙の川で身まで流れると聞きましたら頼りにいたしましょう。

*藤原敏行《ふじわらのとしゆき》が、業平の家にいた女のもとに、「つれづれのながめにまさる涙《なみだ》川《がわ》袖のみ濡れて逢ふよしもなし」という歌を贈ってきた。うねうねとした心象表現と物象表現の二つの流れが歌を軸としてからみつくような、幾重《いくえ》にも重ねられた文脈の意味はいささかわかりにくいが、「まさる」とは、長雨によって川の水かさが増すことと、折からの長雨よりもまさって流れる涙の両方をあらわそうとしたもの、少ない言葉にたくさんの情報を入れる、業平で

*藤原敏行—藤原富士麿の子。母は紀名虎の娘。貞観八年（八六六）小内記。寛平九年（八九七）右兵衛督、延喜元年（九〇一）没。三十六歌仙の一人で能書家。

*つれづれの…—あなたを思って所在ないもの思いにふけり、折りからの長雨と、

はないが、これも「心余りて言葉足らず」の歌の一種である。

「ながめ」は、先に見たように、「長雨」と心象表現の「ながめ」との掛詞、『古今集』では、前の「起きもせず」(11)の歌の後に配置されている。二首ともに恋の物思いにふける「ながめ」が詠み込まれ、恋しい人に会えずこの雨のように涙にくれておりますと訴えているのである。

歌を贈られた女に代わって業平が詠んだのが*この歌である。当時は屏風歌《びょうぶうた》のように画中の人物の立場になって歌うものや、貴人の代作などが多く作られ、歌は必ずしも直接に自身の心情を歌いあげねばならぬものではなかった。男性が女性、女性が男性の立場に立って歌う、ジェンダーを転換した歌もよくみられる。業平にとって、女性の立場に立って歌を詠むことなどさほど難しくはないのである。

『源氏物語』の主人公光源氏は、いつまでも恋の現役であろうとして、娘世代の女性に恋を仕掛けては苦い思いをするが、業平はこんなふうに若い世代の恋の応援をする。恋愛経験が豊富で、女心の機微をよく知り、おまけに歌の名手、これ以上は望めぬ最高の代作者が身近にいたこの女は幸運であった。業平自身も、歌によって若い男を自在に翻弄《ほんろう》して楽しんでいるかのよう

それにまさって流れる私の涙でいよいよ水かさが増す川で、袖ばかりが濡れて、お目にかかる手だてもありません。(古今集・恋三・六一七)

*この歌―詞書に「かの女に代りて返しに詠める(その女に代わって返事として詠んだ歌)」とある。『伊勢物語』では、女は、年若く、手紙もどう書いていいかわからず、まして歌は詠まなかったと理由を示す。

である。

業平の歌は、敏行の贈歌の重層された文脈の流れをそのまま受けながら、それほどの涙なのに袖が濡れるだけなんて、お気持ちの浅いせいでしょうと鮮《あざ》やかに反撃してみせる。相手の歌のことばを用いながら、それを逆手にとって切り返しつつ、相手に次のチャンスを与える、初めて歌を贈られた女の返歌の典型的な型である。正当派の女歌を、男の業平が詠むところが何とも面白い。

これとよく似た、涙に因《ちな》む贈答が『古今集』にある。下出雲寺《しもついずもでら》の法事において、真静法師《しんせいほうし》が導師として語った*衣裏繋珠《えりけいじゅ》の喩《たと》えを借りて、「*つつめども袖にたまらぬ白玉は人を見ぬ目の涙なりけり」、あなたに逢えぬつらさのために流す涙の玉は袖に包みきれませんという歌を贈った男に対し、*小野小町は「*おろかなる涙ぞ袖に玉はなす我は塞《せ》きあへずたきつ瀬なれば」と返歌する。それは、男の歌の袖、玉、涙といった言葉を用いながら、玉になる程度の涙なんておろかだこと、せめてたぎつ瀬（激流）になって流れる涙だとおっしゃるならば……、と相手を拒《こば》みつつも誘う歌なのである。

ところで、贈歌の作者藤原敏行は、業平の妻とはいとこ同士、漢詩文にす

*衣裏繋珠の喩え―釈迦が友人の衣の裏に無価宝珠を縫い付けたという逸話。『法華経』「五百弟子受記品」にみられる。

*つつめども……―古今集・恋二・五五六・安倍清行

*小野小町―→11「起きもせず」

*おろかなる……―古今集・恋二・五五七

ぐれた能書家であった。現在でも立秋の季節になると、手紙の時候の挨拶に用いられる慣用句「まだ暑いですが心なしか風が涼しく感じられます」といった表現のもととなった「秋来ぬと目にはさやかに見えねども風の音にぞ驚かれぬる」や、百人一首の「住の江の岸に寄る波よるさへや夢の通ひ路人目よくらむ」という歌の作者としても知られる。

この贈答は、次の13の歌とともに、『伊勢物語』百七段に載せられていて、実に楽しいお話を作り上げている。

*秋来ぬと……秋がやって来たと目にははっきり見えないが、風の音でそうだと気づかされる。(古今集・秋上・一六九)

*住の江の……住の江の岸に寄る波、そのよる(夜)までも、あの方は夢の通い路で人目を避けるのだろうか。(古今集・恋二・五五九)

13

かずかずに思ひ思はず問ひがたみ身を知る雨は降りぞまされる

【出典】古今和歌集・恋歌四・七〇五

あれこれと、私のことを思って下さるのか下さらないのか、お尋ねしにくいので、この程度の雨でおいでにならぬくらいにしか思われていない私の身の程を知っている雨がますます降りつのっております。

この歌には詳しい詞書がついており、「藤原敏行朝臣《ふじわらのとしゆきあそん》の、業平朝臣《なりひらのあそん》の家なりける女をあひ知りて、文《ふみ》つかはせりけることばに、『今まうで来《く》、雨の降りけるをなむ、見煩《みわずら》ひ侍《はべ》る』といへりけるをきゝて、かの女に代はりて詠めりける」とある。前の歌のようなやりとりが幾度か繰り返されて二人は結ばれた。これは、その後日談である。

当時は男性が女性のもとに通う通《かよ》い婚が行われていた。雨だから行けない

【詞書】藤原敏行が、業平の家にいた女性と知り合って、手紙をよこした文面に「これから参ります。雨が降っているのを見て、どうしようかと悩んでいるところです。」といっているのを聞いて、その女性に代わって詠んだ歌。

という言い訳は現代では成り立たないが、車も電車もないこの時代には、十分通用した。「*石上《いそのかみ》ふるとも雨にさはらめや逢はむと妹《いも》にいひてしものを」という歌にみられるように、雨風をものともせず女のもとに通う男こそ深い愛情があるとされたのである。

『*蜻蛉日記《かげろうにっき》』においては、*兼家《かねいえ》の訪れが間遠になった、ある悪天候の日、道綱母が、かつては雨風にも障《さわ》らずに来てくれたのにと思う場面があり、『枕草子』、『源氏物語』といった平安時代の散文作品などにも、男の愛の深《しん》浅《せん》を測るバロメーターとして雨風がしばしば登場する。

この男（敏行）も、兼家ほどではないにしても、思いが叶《かな》ってからは、今までのような情熱がなくなってしまっている。そこで業平の出番である。「今ぞ知る」（18）の歌にあるように、たくさんの女を待たせた業平であるから、どのような歌を詠めば、男が雨を冒《おか》してやって来る気になるかをよく知っていたのである。

「思ひ思はず」という対義語は、「かずかずに」を冠《かん》することによって、初めて恋を知った乙女の花占いのように、相手の心を推し測ろうとする女心の揺れを的確に映し出す。「見ずもあらず」（10）、「起きもせず寝もせで」（11）

＊石上…―雨が降ろうと邪魔なものか、逢おうとあの娘に言ったのだから。（万葉集・巻四・六六四・大伴像見）
＊蜻蛉日記―藤原道綱母による自叙伝的な日記。女流日記文学の先駆的作品。
＊兼家―藤原兼家。摂政、関白太政大臣になる。道長の父。（九二九―九九〇）

の歌にも見られた対義語の併置は業平得意の手法でもある。「問ひがたみ」の「がたみ」は、「難し」という形容詞の語幹に、原因、理由を表す「み」がついたミ語法*、お尋ねすることができないので、というのは、逢えないからあなたのお気持ちを直接聞くことができないという文字通りの意味よりは、わが身一つにその切々たる思いを秘めておこうとする女の殊勝《しゅしょう》な覚悟が感じられる。

「身を知る雨」は、こんな雨くらいでいらしていただけない、そんな程度にしか思われていない我が身の程を知っている雨という意味の、業平の秀逸《しゅういつ》な造語《ぞうご》である。降りまさる雨は、女の目からあふれる涙と重なる。男は、こういう女に弱いということを業平はよく知っていたのである。

『古今集』には、その後二人がどうなったのかということは記されないが、『伊勢物語』百七段では、女の歌（実は業平の代作であるが）を受け取った敏行が、「蓑も笠も取りあへで、しとどに濡れてまどひ来にけり。」*と、いささか戯画化されて語られる。お話としてはこちらの方が格段に面白い。

女に扮《ふん》して歌う業平と、それに翻弄《ほんろう》される敏行という『伊勢物語』の構図はなかなか楽しいが、仮にそうした脚色がなくても、これは、女心の切なさ

＊ミ語法―前の12にも「浅みこそ（浅いので）」という例がみられる。

＊蓑も笠も……―蓑も笠も手にとる間もなく、ぐっしょり濡れてあわててやって来たのだった。

を歌って余すところのない名歌である。「月やあらぬ」（05）において、深い愛の喪失を歌った業平が、今度は、若い女の、おずおずとしているようにみえて実は強い愛の希求を、歌の形で現前させるのである。この二首に、惟喬《これたか》親王《のみこ》に贈った「忘れては」（26）の歌を加えたものが、個人的には、業平歌のベスト3と考えているのだが、この三首は、「かずかずに」「月やあらぬ」「忘れては」という初句やそれに続く語が、いずれも説明不足の、いわば「言葉足らず」の歌である。にもかかわらず、その言葉に封じ込められた心は深い。歌に盛りきれずに溢《あふ》れ出した業平の思いは、強いオーラの輝きをまとって、我々の心を震わせる。古来から名歌と呼ばれるものはそうしたものではなかったかと思うのである。

14

かきくらす心の闇に惑ひにき夢現《ゆめうつつ》とは世人《よひと》さだめよ

【出典】古今和歌集・恋歌三・六四六

分別を失った恋心の真っ暗な闇に惑ってしまって、よく覚えておりません。夢であったか現実であったかは、世間の人よ、決めてください。

【詞書】業平朝臣の伊勢国にまかりたりける時、斎宮なりける人に、いとみそかに逢ひて、またの朝に、人やるすべなくて、思ひをりける間に、女のもとよりおこせたる。

（業平が伊勢国に下っていた時に、斎宮であった人

業平が伊勢国に出かけた時に、「斎宮《さいくう》なりける人」と密《ひそ》かに逢って、翌朝後朝《きぬぎぬ》の手紙を届ける人をやる方法がなくて思案していた時に、女の方から「*君《きみ》や来《こ》し我《われ》や行《ゆ》きけむ思ほえず夢《ゆめ》か現《うつつ》か寝てか覚《さ》めてか」という歌が贈られてきた。これはその返歌である。

『伊勢物語』では、業平と斎宮の一夜限りの恋を描いた狩《かり》の使《つかい》章段と呼ばれる六十九段に載せられ、贈答歌となっている。斎宮は斎王《さいおう》ともいい、天皇

の代替わりごとに*卜定《ぼくじよう》されて、神に仕えるために伊勢神宮に下る未婚の内親王（または女王）のことである。神に仕える最も清浄であるべき女性は、当然恋も禁じられているが、逆にその禁忌《きんき》を犯す*いくつかの物語が残されることとなる。そのなかでもこの業平と斎宮の恋は最も有名なものの一つだが、事実であったかどうかは不明で、最近は*虚構《フィクション》と見る説の方が有力である。『古今集』では、贈歌の作者は「よみ人しらず」となっており、詞書にある「斎宮なりける人」という言い方も、斎宮であった人（斎宮本人）なのか、斎宮にいた人（斎宮寮に仕える女性）なのか、どちらともとれるようになっていて、*二条后関連歌と同様、微妙な言い回しである。

贈歌の「君や来し―我や行きけむ」「夢―現」「寝てか―覚めてか」という対義語の繰り返しや、倒置法が用いられているところなどは、業平の歌に見られる特色を備えているので、実は業平の作ではないかという説もある。確かに受けの姿勢に終始する業平の返歌よりも、この歌の方がずっと魅力的で、繰り返される対義語のなかに、初めて恋を知った女心の弾《はず》みが見事に表現されている。

これらの対義語は、おそらくは仏説を語る法会《ほうえ》の講話や論議などで多く用

にたいそうひそかに逢って、次の朝に、後朝の手紙を贈る使いを遣る手段がなくて、思い悩んでいた時に、女の方からよこした歌）

*君や来し…―あなたがおいでになったのでしょうか、私が行ったのでしょうか、覚えておりません。あれは夢であったのか、現実であったのか、寝ていたのか、目覚めていたのか。（古今集・恋三・六四五・よみ人しらず）

*卜定―亀の甲羅を焼き、そのひび割れの入り方によって占い、定めること。

*いくつかの物語―自殺して身の潔白を明かした栲幡《たくはた》皇女、異母兄弟と通じて任を解かれた磐隈《いわくま》皇女の物語など。

*虚構と見る説―恬子内親王

いられるレトリックをもとにして作られたものと考えられるし、業平の返歌に見られる「心の闇」という語も、煩悩《ぼんのう》に囚《とら》われて判断する力を失っている有様をいう仏教語である。業平歌は、贈歌で連発される三対の対義語を、一語で受けてみたものの、多勢に無勢、無邪気な心躍りを率直に表現した女の歌の方に軍配があがりそうだ。いや、女から先に歌をもらったという時点で、既に男は負けているのである。

『伊勢物語』では、業平歌の第五句が「今宵さだめよ」となっていて、昨夜のことが夢であったか現であったか、今宵お決め下さいと、再び逢瀬を誘う内容（結局それはかなわなかったのであるが）であるのに対し、『古今集』では「世人《よひと》定めよ」となっている。『伊勢物語』の歌は、相手と向きあうが、『古今集』の歌は、第五句で突然方向転換をして、相手ではなく世間に向かって呼びかける。自分の思いが決然たるものであることを相手に知らせるという意味があるのか、あるいは、開き直って結論を保留したのか、どちらともとれる玉虫色の歌である。だがいずれにせよ、逢瀬が夢であったか現《うつつ》であったかを世人に決めさせようとする、一種のパフォーマンス的な性格を持つ結句は、それが世間では許されぬ恋であること、そして詞書の「斎宮なりけ

が途中で退下することなく、斎宮の任期を全うしていることが、禁忌の恋はなかったとする有力な理由の一つである。ただし、十世紀末頃の『権記』は事実であるとしている。

＊二条后関連歌——→04「人知れぬ」、05「月やあらぬ」

る人」が斎宮本人を指すことを暗に示そうとする表現であったといえないだろうか。斎宮との逢瀬が事実であったかどうかは別として、少なくとも歌としてはそう読めるように方向づけられているのである。

『源氏物語』若紫巻に描かれる、光源氏と藤壺宮との密通の場面は、この『伊勢物語』の狩の使の段が投影されているといわれる。源氏の歌「見ても*また逢ふ夜まれなる夢のうちにやがて紛るる我が身ともがな」における「夢」とは、斎宮と業平の贈答歌にみられる。夢か現か定かではない逢瀬を指す。父帝の妃である女性との密会が、決して許されぬ禁忌であったことを言葉としては語らず、それと同等の重さを持つ斎宮との密事を描いた物語を想起させることで示唆する紫式部の手腕は見事であるという他ない。藤壺の返歌「世語りに*人や伝へむたぐひなく憂き身を覚めぬ夢になしても」は、年上の女性らしい冷静さが感じられるが、世間の噂を意識せざるを得ないとする初二句は、業平歌の結句である「世人定めよ」を意識したものであった可能性もある。

業平の贈答歌とそれにまつわる物語は、紫式部の時代においては、あたかも事実譚であるかのような形で享受されていたのである。

*見てもまた……──お逢いしてもまた逢うことが難しい夢のような逢瀬のなかで、その夢の中にそのまま消えてしまいたい我が身でございます。

*世語りに……──世間の語り草として伝えるのではないでしょうか。この上なくつらい身の上を、覚めることのない夢のなかのことにしたとしても。

15

寝ぬる夜《よ》の夢をはかなみまどろめばいやはかなにもなりまさるかな

【出典】古今和歌集・恋歌三・六四四

あなたと一緒に寝た夜の夢のような逢瀬がはかないものだったので、帰ってから少し眠ってみると、そのますますはかない夢のなかに入ってゆくことです。

夢・現を詠んだ歌をもう一首。逢瀬の翌朝に男が贈った典型的な後朝《きぬぎぬ》の歌である。『万葉集《まんようしゆう》』には「夢の逢ひ」という言葉がある。大伴家持《おおとものやかもち》*が妻の坂上大嬢《さかのうえのおおいらつめ》に贈った「夢の逢ひは苦しかりけり覚《おどろ》きて掻き探れども手にも触れねば」*という歌にみられる語で、まさに夢の中の逢瀬を詠んだものだが、『古今集』時代に入ると、前の贈答歌やこの歌のように、現実の逢瀬自体がはかない夢のようなものとして詠まれるようになってくる。

【詞書】人に逢ひて、朝に詠みてつかはしける。
（女の人に逢って、翌朝に詠んで贈った歌）

＊大伴家持―奈良時代後期の歌人で、万葉集の編纂者の一人。（七一八？―七八五）

＊夢の逢ひは……―夢で逢うの

この歌は、原因、理由を表すミ語法の「はかなみ」と、語幹のみで名詞的に用いる珍しい用法「はかな」という形で、「はかなし」が二度繰り返される。夢のように実感のない逢瀬をもう一度夢に見ようとしてまどろむが、失敗して、ますます満たされぬ思いがつのるとする多くの注釈を、『*古今和歌《こきんわか》集正義《しゅうせいぎ》』は否定し、うつうつとした現なき後朝の名残の様子だとする。夜の明けぬうちに女のもとから帰った男が、まどろみのなかでその余韻を引きずっている、という解はなかなかよい。夢のような逢瀬は、幾度夢にみたところで確かにはなり得ぬ実感のないもの、だがその希薄さ自体が、夢のようにはかなかった逢瀬の内奥に近づく追体験となるという無限循環の逆説、それこそが「はかなし」を二度用いた意味である。

夢・現という語を対比的に用いながら、確かな現の逢瀬を求めようとするのが前の「斎宮なりける人」(14)との贈答であるのに対し、この歌は、確かな現を求め得ぬまま、夢と現の境界を往還しつつ、そのあわいのエアポケットの中に落ち込んでしまうような味わいがある。くっきりした輪郭を希求する夢・現の歌と、輪郭が定かではない夢・現の歌。二つの夢・現の歌はそうした違いをもっている。『伊勢物語』*百三段に載る。

はつらいものだ、目をさまして探し求めても手にも触れないので。(万葉集・巻四・七四一)

*前の贈答歌―→14「かきくらす」

*古今和歌集正義―江戸末期に刊行された香川景樹による古今集の注釈書。

*百三段―文末に「きたなげさよ」とあるのは、纏綿《てんめん》と続く情感に浸りきっている男の思い切りの悪さ、未練をいう語である。歌が作られた時代に近い時期の一つの評であるとみてよい。

16

秋の野に笹《ささ》分けし朝の袖よりも逢はで来《こ》し夜《よ》ぞひちまさりける

【出典】古今和歌集・恋歌三・六二二

秋の野に笹を分けながら帰る、朝露で濡れた袖よりも、あなたに逢えずに戻って来た夜の袖の方がいっそう涙に濡れまさることだ。

江戸時代の学者、*契沖《けいちゅう》は「上句には露といはで露あり、下句には涙といはねど涙あり」という、簡潔だが非常にすぐれた解釈をしている。秋の野の露を分けて帰る朝の袖と、夜の涙に濡れる袖を比較して、別れよりも逢えぬつらさを相手に訴えるこの歌の現代語訳に、「露」と「涙」を欠かすことはできない。だが歌にその二語はない。業平の歌の特色「*心余りて言葉足らず」がここでも遺憾《いかん》なく発揮されているのだ。

*契沖―江戸前期の国学者・歌人。『古今余材抄』という『古今集』の注釈書を著わした。（一六四〇―一七〇一）

*心余りて言葉足らず――↓解説

『古今集』では、この歌の次に*小野小町の歌*「みるめなき我が身を浦と知らねばやかれなで海人《あま》の足たゆく来る」を置く。海藻の「海松布《みるめ》」と、逢う機会を意味する「見る目」とを掛詞にして、通い続ける男を海人によそえた、冷ややかな拒絶の歌、拒む女小町の面目躍如といった感のある歌である。『伊勢物語』二十五段は、この業平と小町の二首を贈答歌に仕立てているが、笹、野といった業平歌の陸の情景に対し、小町歌は海辺の景尽くしで、贈歌の言葉が一つも用いられていない。女の返歌は、男の贈歌の語を用いて、一応は拒む姿勢を見せながら、同時に次のチャンスを与えるように詠むというのが*常套《じょうとう》的な手法であるのだが、これでは男がとりつく島もない。本来は別に作られた無関係な歌が、『古今集』に連続して並べられたことをきっかけとして、『伊勢物語』の作者は、ほぼ同じ時代の六歌仙《ろっかせん》の美男美女の恋を設定するという読者サービスをしてくれたのである。

『伊勢物語』の業平歌の第五句は「*逢はでぬる夜」となっているが、『古今集』では「*逢はで来し夜」となっており、小町歌の「足たゆく来る」とかろうじて呼応する。そのかすかな共振に気づいたゆえに、『伊勢物語』の作者は無関係な二首を贈答歌に仕立て、五句目を改変したのかもしれない。

*小野小町——↓11「起きもせず」

*みるめなき…——海松布〈食用となる海藻〉のない浦とも知らずに、遠ざかることなく、足がだるくなるほど、それを刈りに海人がやって来る。見る目のない私〈逢うチャンスがない私〉と知らないで、せっせと足を棒にして通っておいでになることですね。(古今集・恋三・六二三)

*常套的な手法——↓12「浅みこそ」

*逢はでぬる夜——逢えないで寝る夜、逢いに行けぬ夜。

*逢はで来し夜——逢えないで帰ってきた夜。

17

大幣《おほぬさ》と名にこそ立てれ流れてもつひに寄る瀬はありてふものを

【出典】古今和歌集・恋歌四・七〇七

大幣《おおぬさ》だという評判はたっていますが、大幣《おおぬさ》は流れても最後には寄りつく瀬があるといいますよ。私も結局はあなたが拠り所なのです。

ここから業平の色好みシリーズ開始である。

当時の色好みは、現代とは違って必ずしもマイナスイメージだけではなかったとされるが、相手の女性にとっては心痛む苦しみであったに違いない。この歌は、ある女が、業平には多くの通う所があると思って詠んだ「*大幣《おほぬさ》の引く手あまたになりぬれば思へどえこそ頼まざりけれ」の返歌である。大幣《おおぬさ》は、六月と十二月に神社で行われる大祓《おおはらえ》の時に用いる、紙や布を切って木

【詞書】ある女の、業平朝臣を所定めず歩きすと思ひて、詠みてつかはしける。

(ある女性が、業平がどこの女の所でもかまわず通ってゆくと思って、詠んで贈った歌)

＊大幣の……―あなたは、大幣

にはさんで垂らした供《そな》え物で、祓《はらえ》の後、人々はそれを自分のもとに引き寄せて身体を撫《な》で、罪や穢《けが》れを移したという。多くの女性から袖を引かれるという業平を大幣といったのはうまい喩えで、よく似た発想の「*我をのみ思ふと言はばあるべきをいでや心は大幣《おほぬさ》にして」という誹諧歌《はいかいか》があるが、男を大幣に喩えることは、どこか滑稽味が感じられる。

　大幣は人の代わりに罪や穢れを背負って、最後には川や海に流される。業平は贈歌と同じ大幣を引き合いに出し、川に流されても寄る瀬はある、その瀬こそがあなただと*相手を慰撫《いぶ》する。

　男は船のようなもの、あちらこちらへ出かけて行くが、結局はもといた港に帰ってくるのさといって、女性（妻）に無限の寛容を求める浮気男の身勝手な言い訳があるが、そんなことを考え合わせると、これは女に対する男の普遍的な甘えを詠んだ歌であるということができるのかもしれない。『伊勢物語』四十七段に、多少詳しい説明を加えた形で載せられている。

のように、多くの女性から引き寄せられるようになってしまったので、お慕いしてはいますけれど、とても信頼することはできません。（古今集・恋四・七〇六・よみ人しらず）

＊我をのみ……私だけを思ってくれるというのならあてにすべきですが、いやもうあの人の心は大幣のようにあちこちに引かれて気が多いので。（古今集・雑体・一〇四〇・よみ人しらず）

＊相手を慰撫する―「大幣すらたどりつくところはあるのに私には行く先がない」と、いささか虚無的な解釈をする説もある。

18

今ぞ知る苦しきものと人待たむ里をば離《か》れず訪《と》ふべかりけり

【出典】古今和歌集・雑歌下・九六九

今はじめてわかりました、人を待つのは切ないものだと。私を待っていたであろう女の里を絶えることなく訪れるべきでしたよ。

せっかく送別の宴を準備したのに、なかなかやって来なかった＊紀利貞《きのとしさだ》に対して、これまで自分が人（女性）を待たせて悪かったと今初めて思い知ったとカーブした形で恨《うら》みごとをいった、いわば座興《ざきょう》の歌である。いつも女性を待たせていた業平が、逆に待たされているという立場の逆転は、一座の笑いを誘ったことであろう。「今ぞ知る」と「苦しきものと」が倒置され、今気づいたことを強調する。相手の仕打《しう》ちによって初めて気づいたと歌うところ

【詞書】紀利貞が阿波介にまかりける時に、餞別せんとて、「今日」と言ひ送れりける時に、こゝかしこにまかり歩きて、夜更くるまで見えざりければつかはしける。

（紀利貞が阿波介として下向した時に、送別の宴を

が肝要であって、「子を持って知る親の恩」という諺《ことわざ》があるように、人はその立場になって初めてわかることがあるという普遍的真理に、反省の弁に見せかけたさりげない自慢を織り込んでしまったのは業平の手腕である。

詞書に利貞が「こゝかしこにまかり歩《あり》きて」とあるのは、前の大幣《おおぬさ》の歌(17)の詞書において業平が「所定《ところさだ》めず歩《あり》きす」とされているのと対応するかのようで、業平と同じように利貞もあちこち出歩いてなかなかやって来なかったのである。大幣の歌では業平が女を待たせたのであるが、ここで業平を待たせたのが男であるところも面白い。このように、友情の歌が恋歌と同じような表現で詠まれるというのも古今集時代の歌の特色である。

紀利貞は元慶《がんぎょう》五年（八八一）二月に*阿波介《あわのすけ》になったとされるが、業平はその前年の元慶四年（八八〇）五月二十八日に世を去っている。利貞の阿波介赴任の年次が間違いなのか、あるいは他の事情か、両者の交友を示す資料がこの歌だけなので詳細は不明である。『伊勢物語』四十八段に載せられている。

さて、この歌を聞いた者の脳裏には、来ない男を待ち続ける女の姿が彷彿《ほうふつ》と浮かび上がって来たに違いない。謡曲「*井筒《いづつ》」に登場する*有常女《ありつねのむすめ》は、「人待つ女」ともいわれた。次に業平と待つ女との贈答を見ることにしよう。

しようといって、「今日やりましょう」と言いおくってあった時に、利貞があちこち出歩いて、夜が更けるまで現れなかったので贈った歌）

*紀利貞―紀貞守の子。八八一年阿波介、同年没。古今集に四首の歌がある。

*阿波介―介は阿波守を補佐する次官。阿波守とする書もある。

*井筒―世阿弥の夢幻能の代表作。『伊勢物語』二十三段を素材として、有常女の霊が業平との恋を回想しつつ舞う作品。

*有常女―業平の妻。→08「行き帰り」

19

年を経て住みこし里を出でて往《い》なばいとど深草《ふかくさ》野とやなりなむ

【出典】古今和歌集・雑歌下・九七一

何年もの間、あなたと一緒に住んできた里を出て行ってしまったら、この地の名である深草よりいっそう草深い野となってしまうのだろうか。

＊深草に住んでいたが、そこを去って京に行くので、女性に贈った歌。深草は地名であるとともに「草の繁茂《はんも》」を意味する。それは不在と荒廃の表象として、夫の不在を待つ妻の悲しみを詠む中国の＊閨怨詩《けいえんし》に多く見られる表現類型である。特に「＊緑草蔓《まん》トシテ糸ノ如シ」（謝朓《しゃちょう》「王孫遊《おうそんゆう》」）や、「＊王孫遊ビテ帰ラズ　春草生ジテ萋萋《せいせい》タリ」（「招隠士《しょういんし》」『楚辞《そじ》』）といった例は、王孫の不在を詠んでいるが、業平は＊平城天皇《へいぜいてんのう》の孫であるから「王孫」であっ

【詞書】深草の里に住み侍りて、京へまうで来とて、そこなりける人に詠みて贈りける。

（深草の里に住んでいましたが、京都に行きますというので、そこにいた女の人に詠んで贈った歌）

＊深草―京都府伏見区深草。
＊閨怨詩―夫と長く離別している妻の悲しみを詠んだ

て、自分が去っていった後は、さぞ草深い野となるでしょうねと、こうした類型を踏まえて、女に歌を詠みかけているのである。

本来なら女が自分の憂いを詠《うた》うための表現類型を男が用いるのは、どこか傲慢《ごうまん》な印象を与えるが、女はそれをとがめることもなく、「*野とならば鶉《うずら》となきて（『伊勢物語』では「鶉となりて」）年は経むかりにだにやは君か来ざらむ」という歌を返す。末二句は、「鷹狩」の「狩」と、殆ど訪れのないことを示す「仮に（来る）」が掛詞になっている。狩られるということは命をとられること、それでもいいから訪れて下さいといって草深い野で鳴く、女の化身である鶉のあわれが心に沁みる余韻嫋々《じょうじょう》たる歌である。

この歌を載せる『伊勢物語』百二十三段は、女の歌に愛《め》でて男は去ろうという心がなくなったというハッピーエンドで終わるが、後に*藤原俊成は、「*夕されば野べの秋風身にしみて鶉鳴くなり深草の里」という歌を詠む。秋風が蕭蕭《しょうしょう》と吹き渡る夕暮れ、深草の里で鳴く鶉の声は、来ない男を待ち続けて鶉と化した女の声でもある。彼は『伊勢物語』の結末ではなく、男が去っていった後を想像する女の歌のところで時間を止めた。まさに炯眼《けいがん》である。

詩。

*緑草……—緑の草があたり一面に蔓延して糸のようだ。

*王孫……—王孫が去ったきり帰らない、後には春の草が青々と茂っている。

*平城天皇—第五十一代天皇。桓武天皇の第一皇子。（七七四—八二四）

*野とならば……—ここが草深い野となったなら、私は鶉となって鳴きながら歳月を過ごしましょう、そうすればあなたは狩においでにならぬことはないでしょうから。あなたが去ってここが草深い野となったら、「憂・辛」と泣きながら年を過ごしましょう、そうすれば、かりそめの気持ちでもおいでにならぬことはないと思いますので。（古今集・雑下・九七二・よみ人しらず）

*藤原俊成—平安末・鎌倉初期の歌人。定家の父。『千載集』の撰者。（一一一四—一二〇四）

*夕されば—千載集・秋上・二五九

20

今日来《こ》ずは明日《あす》は雪とぞ降りなまし消えずはありとも花と見ましや

【出典】古今和歌集・春歌上・六三

今日おいでにならなかったら、明日は雪となって降っていたことでしょう。そうすればたとえ消えてはいなくても花として見て下さるでしょうか。

『古今集』四季部における唯一の贈答歌で、「あだなりと名にこそたてれ桜花年《とし》にまれなる人もまちけり」*の返歌である。贈歌は、桜の花盛りの時期に、長いこと来なかった人（業平）がやって来たので、めったに来ないあなたのこともちゃんとお待ちしていましたと桜の花に託《たく》して詠みかけた挨拶の歌で、「年にまれなる人」と、さりげなく相手を皮肉っているのは、途絶えがちな恋人に贈る女歌《おんなうた》めかした戯《ざ》れ歌の趣がある。作者が男か女かは不明

【詞書】桜の花の盛りに、久しく訪はざりける人の来たりける時に詠みける。
（桜の花の盛りに、長いこと訪れなかった人がやって来た時に詠んだ歌）

＊あだなりと…―散りやすく、移り気だと評判になっ

だが、男が女の立場に立って歌ったとみる方が面白い。

対する業平の返歌は、打消を含む反実仮想《はんじつかそう》を二つ設定して、落花の情景を降る雪に見立てる屈曲した表現をとる。実際にはそうなっていないことを、仮にそうだったらと想像して述べる反実仮想の助動詞「まし」を、「降りなまし」―「*見ましや」という形で用いることによって、上句下句ともにそれぞれ事実に反することを歌うのである。「今日来なかったなら」という仮の条件に基づいて、明日桜が雪となって降ることを仮想し、「消えずはありとも」と、桜が雪と化したところで消えないことがあるかもしれないという条件に基づいて、そんなものは仮にも花と見ることがあるだろうかと仮想する。

家の主人を桜に寓《ぐう》して、私が来なかったら、明日にはさっさと散ってしまう（他の人に心変わりする）のでは、と皮肉で逆襲した屁理屈《へりくつ》のような歌とする解釈が多いが、それではなんだか後味が悪い。待っていたという主人の歌に対してこんなふうに答えるのは、遊びとしても、かなり礼儀を失することになるのではないか。

実はこれとよく似た歌がある。百人一首の紀貫之《きのつらゆき》歌「*人はいさ心もしらずふるさとは花ぞ昔の香ににほひける」である。初瀬詣《はつせもうで》の度《たび》に宿っていた家

ておりますが、桜の花はこのとおり一年のうちにめったにやって来ない人もきちんと待っていたのですよ。（古今集・春上・六二・よみ人しらず）

*見ましや―最後の「や」は疑問とも反語ともとれるが、疑問とみる。

*人はいさ……―人のお気持ちは、さあどうですか、よくわかりませんが、なじみの土地では、梅の花だけは昔を変わらず美しく咲いております。（古今集・春上・四二）

に、長いこと泊まらずにいて、久しぶりに立ち寄ったところ、家の主人が、このように確かに宿はありますと言ったので、そこにある梅の花を折って詠んだ歌である。貫之は、*三条内侍《さんじょうのないし》が方違《かたたが》えに泊まった翌朝に、「*家ながら別るる時は山の井のにごりしよりもわびしかりけり」と、女性である内侍《ないし》を帰って行く男に見立て、自らが女の立場となって、後朝《きぬぎぬ》の別れの歌を即興で仕立て、内侍との別れを惜しんでみせる。このように貫之は、即座に自分以外のさまざまな人や物の立場に成り代って歌を詠むことができた。

そう考えると、この「人はいさ」の歌も、皮肉の応酬などではなく、待っていた主人に成り代わって、貫之が、自身に対する苦言を呈している歌という可能性がある。人は知りませんが、梅の花は昔と変わらず咲いて、ずっとお待ちしておりました（あなたはそんな風におっしゃりたいのではありませんか）。家の主人は、本音を歌にされてしまって、苦笑しつつ貫之の無沙汰を許したのではなかろうか。

業平の歌も同じように考えてみたい。桜の花が待つという擬人法が用いられている贈歌に呼応して、業平は、相手の家の〝桜〟に身を変える。今日おいでにならなかったら、明日は雪となって降っていたことでしょう、そんな

*三条内侍―藤原定方の娘。醍醐天皇の女御。

*家ながら…―家にいながら別れる時は、志賀の山中で山の井の水をすくって別れた時よりもずっと飽き足りない思いでございます。（貫之集・八五三）

姿は（雪ではないから）消えていないとしても花と思って見て下さるかしら。もう明日はありませんよ、今日までが待つことの限界です、と苦情をいってみせてから、でもそうしたらあなたは花として見て下さらないかしらと媚態《びたい》を含んだ問いかけをする、これはそんな歌なのではないだろうか。

業平は雲になり、女性に身を変える。惟喬親王《これたかのみこ》の立場で詠まれたと考えられるものもある。相手の家の主人どころかその家の桜となって歌うことも、彼にはさほど難しいことではないだろう。貫之も梅の花を折って歌っているから、相手というよりは、その家の梅の精に身を変じて歌ったのかもしれない。とすれば、一層業平の歌に近い。

贈答歌というものが、常に相手とまっすぐ向き合うのではなく、一方がツイッター的な独詠歌の性格を帯びる場合があると先に述べたが、このように、双方で同じ方向を向いた変則的な形の贈答というものもあったと考えられるのである。『伊勢物語』十七段に載せられている。

＊業平は雲になり──↓08「行き帰り」
＊女性に身を変える──↓12「浅みこそ」、13「かずかずに」
＊惟喬親王──↓24「狩り暮らし」
＊独詠歌の性格──↓04「人知れぬ」
＊変則的な形──↓解説

21

濡《ぬ》れつつぞしひて折りつる年《とし》の内《うち》に春は幾日《いくか》もあらじと思へば

【出典】古今和歌集・春歌下・一三三

雨に濡れながら、あえて折りました。今年のうちに春はもう幾日もあるまいと思うので。

三月の晦日《つごもり》の日、雨の中で藤の花を折って人に贈った時に添えた歌である。「晦日」とは三月末日のことだが、歌には「幾日《いくか》もあらじ」とあって、春が尽《つ》きるにはまだ何日か余裕があるとしている。『古今集』の一部の異本《いほん》*には「春は今日をし限りと思へば」と、最終日であることがはっきり示されている本文もあるが、テキストとしている伊達《だて》本に従っておきたい。

春の終わりから夏の初めに花が咲く藤は、和歌では、春夏どちらの季節の

【詞書】三月の晦日の日、雨の降りけるに、藤の花を折りて人につかはしける。(三月の終わりの日、雨が降っているのに、藤の花を折って人に贈った時に添えた歌)

*異本―もとは同一の書物だ

ものとしても詠まれるが、この歌では春の名残《なごり》の花となっている。藤をそうしたものとして詠んだのは、白楽天の「惆悵《ちゅうちょう》ス春帰ッテ留《とど》メ得ズ　紫藤《しとう》ノ花ノ下ニ漸《ようや》ク黄昏《こうこん》」（「三月三十日慈恩寺《じおんじ》ニ題ス」）、春が戻ってゆくのを留めることができない、紫の藤の下にたたずんで、ようやくその最後の日も暮れようとしているという名高い詩であるとされるが、そうした季節感を、いちはやく和歌に取り込んだのが業平であった。

また雨に濡れる花の美を詠むのも、「梨花一枝春雨ヲ帯ブ」（白居易「長《ちょう》恨歌《ごんか》」）などといった漢詩文に由来する表現であって、この歌には、漢詩の影響を受けた最新の表現の型が二つ取り込まれていることになる。

贈り物に添《そ》える歌には、苦労して手に入れた貴重なものですという場合が多く、たとえば*光孝天皇《こうこうてんのう》の「*君がため春の野に出でて若菜摘むわが衣手に雪は降りつつ」もよく似た発想をもつ。あなたのために雨に濡れながらあえて折ったという藤の枝に添える歌の定型に、漢詩由来の表現を絡《から》ませたところが新鮮なのである。雨のなか、濡れながら藤を折って、逝《ゆ》く春の形見として贈る。贈られた相手は、同じように、白楽天の惜春《せきしゅん》の詩の情趣を解する人だったのであろう。『伊勢物語』八十段に載る。

が、転写などの段階で文字や語句などに相違が生じている本。

＊光孝天皇―第五十八代天皇。仁明天皇の第三皇子。宇多天皇の父。（八三〇―八八七）

＊君がため…―あなたのために春の野辺に出て、若菜を摘む私の袖に、雪がしきりに降りかかっています。（古今集・春上・二一／百人一首）

22

植ゑし植ゑば秋なき時や咲かざらむ花こそ散らめ根さへ枯れめや

【出典】古今和歌集・秋歌下・二六八

もし植えておいたならば、秋のない時には咲かないこともあろうかと思われますが、秋が来る限り必ず咲きますよ。花は散りもしましょうが、根まで枯れることはありますまい。

これは、藤ではなく菊を贈る歌。菊は、梅と同様に中国渡来の花で、*重《ちよう》陽《よう》の節句には欠かせない延命長寿の花として珍重された。貴重な植物を贈り、根付くようにと祈りを込めた歌を茎《くき》に結びつけたのである。

「植ゑし植ゑば」は、重ねて意味を強めたものである。『伊勢物語』の異本*では「移し植ゑば（移植したならば）」となっているものもあって、そちらの方がわかりやすい。「植ゑば」は「未然形＋ば」の形で仮定条件を表す。

【詞書】人の前栽《せんざい》に、菊に結びけて植ゑける歌。
（ある人の庭の植込みに、菊を植えた時に結びつけた歌）

*重陽の節句―陰暦九月九日に行われ、菊の節供とも言われた。

秋という季節の無い年はない、秋は必ずあるのだから、きっと咲く、という業平らしい逆説表現は、「世の中に絶えて桜のなかりせば」と、まったく桜がない世界を想像する歌とよく似た発想である。

「秋なき時や咲かざらむ」という二つの否定語、「植ゑし植ゑば」という畳語《じょう》《ご》、「花こそ」「根さへ」という二つの強意語、そして「秋なき時や」「根さへ枯れめや」という二つの反語、レトリックの多用という点ではかきつばたの歌に迫るものがある。文脈がうねうねと屈曲してはいるが、結局は同じこと、菊が咲くだろうということを繰り返しているに過ぎない。だがそうした表現をとることこそが、新しく植えた菊が無事に根付き、花を咲かせるための予祝《よしゅく》となるのだろう。

『伊勢物語』五十一段は『古今集』とほぼ同じ形をとるが、『大和《やまと》物語』百六十三段では、「后《きさき》の宮より菊を召しければ、奉《たてまつ》るついでに」詠んだ歌とあって、二条后《にじょうのきさき》と関連づけ、根は枯れない、このまま二人の仲が終わってしまうわけではないとして贈ったものとする。そうした寓意《ぐうい》を求めたくもなる気持ちもわからぬではないが、十分な裏付けがない以上、『古今集』の詞書通り、人に菊を贈った時に添えた歌とみておきたい。

*異本―→21「濡れつつぞ」
*世の中に……―→23「世の中に絶えて桜の」
*かきつばたの歌―→06「唐衣」
*予祝―あらかじめ祝うこと。前祝い。
*后の宮より……―后宮から菊をご所望になったので、奉ったついでに。

23

世の中にたえて桜のなかりせば春の心はのどけからまし

【出典】古今和歌集・春歌上・五三

世の中にまったく桜というものが無かったなら、春の人々の心はどんなに安らかなことだろう。

【詞書】渚《なぎさ》の院にて桜を見てよめる。（渚の院で桜を見て詠んだ歌）

反実仮想の助動詞「まし」を用いた桜の歌の二首目。一首目の「今日来ずは」（20）の歌には二カ所に用いられていた「まし」が一カ所しかないので、業平の歌としては比較的素直な詠みぶりに属する。だが、やはり対象をまっすぐ詠むのではなく、あり得ない設定で歌が始められる。前の22の歌も「秋なき時」という現実にはない設定がされていたが、この歌も「世の中に桜がなかったら」という。当時のわが国に桜がないということはあり得ないが、そういう状況を仮に想定してみるのが「まし」の働きである。
「たえて」は下に打ち消しの語を伴って「まったく」の意。実際は桜が華やかに咲き、人々はその散ることを惜しむのでのんびりした気分ではいられない。この歌は『土佐日記*』二月九日の条に引用されているが、第二句は「咲かざらば」となっている。そうなると桜が「咲く」ことに限定されてしまって、『古今集』の「なかりせば」より仮定の範囲が狭まる。業平の歌らしいのは、スケールの大きい『古今集』の方である。

　こうした否定や反実仮想という手法を業平は最も得意とした。だが、歌の眼目は「世の中にたえて桜のなかりせば」という上三句であろう。こうした否定的言辞を弄することは、宴という場を抜きにしては考えられない。この歌は、それまでに詠まれていたであろう凡百の退屈な桜の賞め歌を一蹴《いっしゅう》しただけでなく、桜そのものまで、一旦無の世界に送り出してしまうのだ。場の主題である桜を消し去ろうとすることは、この世の一切のものを消滅させようとする宇宙論的否定に通じるものがある。全てが消え去ることによって醸成される無の空間は、そこから生まれてくる真の有、誠心から桜を賞《ほ》め、愛でる歌が登場する新しい流れを待つためにある。無に帰することによっ

*土佐日記—紀貫之著。土佐から京までの道程を描いた、仮名による日記文学。

て、人々は、逆に、繚乱《りょうらん》と散り乱れる桜の光景という反措定《はんそてい》の世界を想起することが可能となる。それゆえに、『伊勢物語』八十二段において、この歌に応じた「散ればこそいとど桜はめでたけれうき世に何か久しかるべき」という作は、必ずしも秀作とはいえないが、業平の歌を聞いた人々の思いを代弁した一つの例であるということができよう。

「春の心はのどけからまし」という下句は、それゆえ、上句で言い過ぎてしまったことに対する口直しとしてつけた理屈、とてつもない非現実の世界に飛躍した後で、現実に着地するための言い訳でしかない。この句の本領は上三句にある。それは基経《もとつね》の四十賀において詠まれた「桜花散りかひくもれ」(27)と同じような構造を持った歌なのである。

詞書にある「渚の院」とは、河内国交野郡《かわちのくにかたのぐん》にあり、業平が仕えた惟喬親《これたかのみ》王《こ》の別荘があったとも、簡素な寺が建てられていたともいう。『土佐日記』には、貫之が渚の院跡を見て「故惟喬親王の御供に、故在原業平の中将の歌よめるところなりけり」と往事《おうじ》をしのぶ、『伊勢物語』八十二段を想起させる記載があるが、現在は保育所の隣に鐘楼《しょうろう》のみが残され、この歌の碑が建てられているに過ぎない。

*反措定―反対の考え方。
*八十二段―この歌は次の二首とともに『伊勢物語』八十二段に載る。
*散ればこそ…―散るなればこそ一層桜は魅力があるのです。つらいうき世にどんなものが久しく変わらずにおられましょうか。
*河内国交野郡―現在の大阪府枚方市渚元町。
*惟喬親王―文徳天皇の第一皇子。母は紀静子。(八四四―八九七)。→26「忘れては」

『伊勢物語』には、交野の渚の院に咲く桜の枝を折ってかざしとし、身分の高い者も低い者も皆、その美に酔い痴《し》れたとある。惟喬親王を中心とした*君臣和楽《くんしんわらく》の理想が具現《ぐげん》されている場に、散りゆく花の影がよぎるかのごとく、この歌が配される。

後に、*藤原俊成は「*またや見む交野《かたの》のみ野の桜狩り花の雪散る春の曙《あけぼの》」と、この春の光景を、暁《あ》け初める薄明の時間として詠む。「桜」と「雪」によって、春と冬という季節が交錯《こうさく》し、「曙」によって、闇と光が交差する。「またや見む」とは、雪のごとく舞い散る桜の幻想的な景の中に、『伊勢物語』の場を再び現出させようとする切なる希求であり、二度と取り戻すことのできない耽美な時間に対する憧憬《しょうけい》のことばなのである。

*君臣和楽―君主と臣下、主人と家来がなごやかにうちとけて楽しむこと。

*藤原俊成―→19「年を経て」

*またや見む…―また見ることがあるだろうか。交野のみ野の桜狩りで花が雪のように散ってくるこの春の曙の景色を。（新古今集・春下・一一四）

24

狩《か》り暮《く》らしたなばたつめに宿借《か》らむ天《あま》の川原に我《われ》は来にけり

【出典】古今和歌集・羇旅《きりよ》・四一八

一日中狩をして日も暮れてきた、今宵は織姫《おりひめ》に宿を借りよう。天の川原に私はやってきたのだから。

親王のお供で狩りに出かけ、天の川*のほとりで酒を飲んだ時、親王に「狩して天の川原に至る」という歌を作ってから盃を勧《すす》めよと言われて詠んだ歌で、『伊勢物語』八十二段では、二首目の業平歌。即興で「狩」と「天の川」を結びつけて詠めという難題に、地上の「天の川」を天上の「天の川」とみて、七夕《たなばた》伝説を配することで見事に答えたものである。

「我は来にけり」の「我」は、業平を指すとも、親王の立場で詠んだとも

【詞書】惟喬親王の供に、狩にまかりける時に、天の川といふ所の川のほとりに下り居て酒など飲みけるついでに、親王の言ひけらく、「狩して天の川原に至る」といふ心を詠みて、盃はさせと言ひければ詠める。

*天の川―大阪府枚方氏禁野

いわれるが、天帝の娘である「たなばたつめ（織女）」を妻にできるのは特別な男である。かつて*桓武天皇《かんむてんのう》は、この天の川のある交野の地にしばしば行《み》幸《ゆき》して鷹狩を行い、*天を祭った。交野は、百済王氏《くだらのこきし》の根拠地であり、七夕伝説はこの一族によって伝えられ、「天の川」という地名もそれに因《ちな》むといわれる。織女に宿を借りようというのは、百済王氏出身の高野新笠《たかののにいがさ》を母とする桓武天皇と、百済王敬福《けいふく》の孫娘である明信《めいしん》やその眷属《けんぞく》の娘達とのロマンスが投影されているのかもしれない。業平も阿保親王《あぼしんのう》の子、王孫だが臣下に下った身、やはりここは惟喬親王《これたかのみこ》を父祖桓武天皇に重ねたものとみたい。

『古今集』は、親王が業平の歌を繰り返し口ずさんで返歌できないので、*紀有常《きのありつね》が代わって詠んだという*返歌を載せる。それほど気に入られたのは、業平歌がこうした背景を踏まえたものだったからと考えると納得がゆく。有常の歌は、一年に一度訪れる彦星を待っているから、宿を貸す人はありますまいと切り返した戯れの歌。織女の立場で婉曲《えんきょく》な断りをした歌とも解せるし、親王の立場で、やはり宿を貸してくれる人などないだろうと思う歌とも、*有常自身の立場の歌ともとれる。業平と有常が二人で、親王の自問自答を代作したとみる解釈が一番楽しい。

にあり、淀川に注ぐ川。渚の院の南1キロ。

*桓武天皇―第五十代天皇。都を平安京に遷した。（七三七―八〇六）

*天を祭った―長岡京遷都（七八四）の際に行われた、北極星を祭る儀式など数回にわたる。

*紀有常―↓08「行き帰り」

*返歌―「ひととせにひとたび来ます君待てば宿かす人もあらじとぞ思ふ」（古今集・羇旅・四一九）。

*有常の自身の……―この有常歌は、上三句が織女一人のことであるのに、下二句を「宿かす人もあらじとぞ思ふ」と不特定多数としている点に問題がある。親王が滞在する水無瀬離宮に近い山崎（京都府乙訓郡大山崎）のあたりには遊女が多くいたので、そうした含みで広がりを持たせている可能性もある。

25

飽《あ》かなくにまだきも月の隠るるか山の端《は》逃げて入れずもあらなむ

【出典】古今和歌集・雑歌上・八八四

まだ見飽きないのに、早くも月が隠れてしまうのか。山の端が逃げていって、月を入れないでくれるといいなあ。

【詞書】惟喬親王の狩しける供にまかりて、宿りに帰りて、夜一夜酒を飲み物語をしけるに、十一日の月も隠れなむとしける折に、親王酔ひてうちへ入りなむとしければ、詠み侍ける。

詞書には、惟喬親王が鷹狩をした供に参って、宿所に帰って、夜通し酒を飲み、話をしたところ、ちょうど十一日の月も隠れようとした折りに、親王が酔って部屋へ入ろうとしたので詠んだ歌とある。惟喬親王の狩のお供で詠んだ歌の三首目、『伊勢物語』八十二段では最後の業平歌である。

酔って寝所《しんじょ》へ入ろうとした親王を、折から山の端に隠れようとした実際の月を止めようとするかのように詠む。惟喬親王を月に喩《たと》えて、もうお休みですか、まだいいでしょうと引きとめるのに、山の端（山が空に接する部分）が逃げて月を入れないでくれるといいなあと、擬人化するのである。山の端よ、逃げてどうか月を入れないでくれという呼びかけとみる説もあるが、「なむ」という願望の終助詞は、相手に面と向かって用いられる会話文よりは、心話文《しんわぶん》に多く用いられるという特徴を持つから、山の端が逃げてくれて、月を入れないでくれるとよいのだがと、ツイッター風につぶやいたものとみたい。まっすぐ向き合うのではなく独り言*のようにつぶやくことで、さりげなく親王に自分の気持ちを伝えたのである。このように宴の尽きることを惜しみ、日没を阻止したいという表現や、月を綱でつないでその運行を止めようとする表現は漢詩文に多くみられる。

惟喬親王を月に喩えるのは、天皇を日・月に、后《きさき》・皇太子を月に喩えるという常套的な手法。親王・内親王を月に喩える歌も皆無《かいむ》ではないが、帝位*につくべき器量の持ち主だった惟喬親王をあえて月といったところに、業平の強い思い入れが有るのかもしれない。『古今集』の春上・羇旅《きりよ》・雑歌《ぞうか》上という三つの部立に分かれて入れられたこれまでの三首*を、『伊勢物語』八十二段は、ある春の一日に詠まれたものとして描いている。

*独り言の……→29「世の中にさらぬ別れの」

*帝位につく――→26「忘れては」

*これまでの三首―23・24・25。

26

忘れては夢かとぞ思ふ思ひきや雪踏みわけて君を見むとは

【出典】古今和歌集・雑歌下・九七〇

現実であることをふと忘れては、夢でないかと思うのです。かつて思ったことがあったでしょうか。深い雪を踏み分けてあなた様にお目にかかることになろうとは。

【詞書】惟喬親王のもとにまかり通ひけるを、頭《かしら》おろして小野といふ所に侍りけるに、正月に訪はむとてまかりたりけるに、比叡の山の麓なりければ雪いと深かりけり。しひてかの室にまかりいたりて拝みけるに、つれづれとして、いともの悲

狩のお供をしていた惟喬親王が出家して、比叡山の麓、小野*というところに住まわれていたので、正月に、業平が雪を冒して訪れ、戻ってきてから差し上げた歌である。

惟喬親王は*文徳天皇《もんとくてんのう》の第一皇子。父帝は*立太子《りったいし》を望んだが、藤原氏の反対で実現せず、*藤原良房《ふじわらのよしふさ》の娘、明子《あきらけいこ》が産んだ第四皇子惟仁親王《これひとしんのう》が皇太子となる。この皇位継承争いは、『*三代実録《さんだいじつろく》』に*童謡《わざうた》が載せられ、後代には『*大《おお》

鏡《かがみ》』裏書や、『平家物語』*など載せられることによって広まり、惟喬親王は、英明でありながら悲運の親王であったという伝説を生むことになった。父帝の急逝により、異母弟の惟仁親王が九歳で即位*した時、親王は十五歳、出家は貞観《じょうがん》十四年（八七二）、二十九歳の時で、以後寛平《かんぴょう》九年（八九七）に世を去るまでの二十五年間、清雅な隠遁生活を送った。

初句「忘れては」の「ては」は、繰り返しを表す。忘れることが幾度も繰り返されるとは、どのような状況をいうのだろうか。

『伊勢物語』八十三段では、「夕暮れに帰るとて」と、小野の室を辞去する際に詠まれたとされるから、親王と過ごした短い語らいの時間を指すこととなる。八十二段に続いて、惟喬親王と右馬頭《みぎのうまのかみ》なる翁《おきな》（業平）との親昵《しんじつ》な交流が描かれた後に、突然の出家が語られる八十三段の「忘れては」とは、小野の庵で、かつての楽しかった思い出話にふけり、親王が出家しているという今の現実をしばしば忘れるという忘我《ぼうが》状態を表現したものと考えられる。水無瀬《みなせ》の桜狩りに代表される心通う交流、それは二度と戻らぬゆえに永遠化される。喪失《そうしつ》とは、それを直接歌うより、あえて歌わぬことによって聴き手に想起させる方が、ずっと深い感情を喚起《かんき》させることになるということは、

しくて、帰りまうで来て詠みておくりける。

（惟喬親王のもとに行き来していたのを、親王が剃髪出家して小野という所にいましたので、正月に訪ねようとして行ったところ、比叡の山の麓だったので、雪がたいそう深かった。雪を押してその庵室に着いてお目にかかったところ、親王は所在ない様子なので、もの悲しくて、帰って参りまして詠んで贈った歌）

＊小野―京都府左京区大原町。裏山に親王の墓がある。

＊文徳天皇―第五十五代天皇。仁明天皇の第一皇子。（八二七―八五八）

＊立太子―公式に皇太子に立てること。次期の帝位が約束される。

＊藤原良房―↓33「頼まれぬ」

「月やあらぬ」(05)の歌において既にみたものであった。

一方『古今集』では、この歌は都に戻ってから詠んで贈ったことになっている。後で詠まれたとすれば、「忘れては」とは、小野の庵室での短い語らいに限定されるものではなく、もう少し長いスパンを有することになる。突然の出家遁世、小野という場所、激変した生活、親王の寂しげなありさま、それに付随するさまざまなやりきれぬ現実を、幾度も「忘れる」のである。親王は、四年前に母を亡くしている。仮に伝説で語られるような表立った皇位継承争いはなかったとしても、最年長でありながら、母の出自の低さのために四品《しほん》しか与えられず、常に末席に座らざるを得なかった親王の無念をよく知っている業平の、かなり激越な怒りがこめられているのが『古今集』の「思ひきや」である。親王の悲劇を甘やかな叙情でくるむ『伊勢物語』に対し、『古今集』の歌は、水無瀬の歌*と全く切り離されているために、ことさらこの句の印象が際立つのである。

『古今集』の詞書は、非常に現代語訳がつけにくい。惟喬親王につけられるはずの敬語*が見られないからだ。たとえば、業平が親王のもとにゆくときには「まかる」という形で、内裏《だいり》を退出する、つまり親王ではなく朝廷に対

*三代実録―六国史の六番目。清和・陽成・光孝天皇三代三十年間の記録。
*童謡―政治的、社会的風刺や予言を裏に含んだ作者不明のはやり歌。
*大鏡―平安後期の歴史物語。
*平家物語―鎌倉時代に成立した軍記物語。
*即位した―清和天皇。
*水無瀬の歌―23・24・25。
*敬語が―岡村和江「古今集の詞書および左注の文章について」(『国語と国文学』41―10)

する謙譲語《けんじょうご》を用い、京に戻るときは「まうづ」と、親王にではなく、朝廷に参上するといった形で揃《そろ》えられている。『古今集』は、天皇に奏上《そうじょう》する勅撰和歌集であるから、天皇、后、東宮、朝廷以外には敬語を用いないという原則があり、この詞書も、それに従って、親王に対して敬語が使われないのだとして片付けることもできる。だが、そうした撰者達の改変は、宮中の行事の多い正月に、雪踏み分けて、あえて惟喬親王を訪れた業平を語る詞書と、反体制的ともとれる激情がこめられた歌を、勅撰和歌集にふさわしからぬものとして排除されぬようにするための方便であったとみるのは深読みに過ぎようか。

『新古今集』には、「夢*かとも何か思はむうき世をばそむかざりけむ程ぞくやしき」という惟喬親王の返歌が載せられている。業平の歌を受けて、現在の境遇を肯定し、逆に慰撫するかのような歌である。この歌は『伊勢物語』八十三段にはなく、後代の偽作《ぎさく》説も囁《ささや》かれている。読者の胸に深く刻まれる業平の絶唱に、この悟《さと》り澄《す》ましたような答歌は不要であろう。

＊夢かとも―夢だろうかなどとどうして思うだろう。この憂き世を厭って早く出家しなかった頃が悔やまれてならない。(新古今集・雑下・一七一八)

27

桜花散りかひくもれ老いらくの来むといふなる道まがふがに

【出典】古今和歌集・賀・三四九

桜の花よ、散り交ってあたり一面見えなくなるまで曇らせておくれ。「老い」がやって来るという道が紛れてしまうように。

詞書に「*堀河の大臣《おほいまうちぎみ》の四十賀《よそぢのが》、九条《くでう》の家にてしける時によめる」とある。堀河の大臣とは藤原基経《ふじわらのもとつね》のことで、後に昭宣公《しょうせんこう》と呼ばれ、*陽成天皇《ようぜいてんのう》の摂政《せっしょう》、後に初めての関白《かんぱく》となる大変な権力者で、*二条后高子《にじょうのきさきたかいこ》の実兄である。『伊勢物語』五段、六段では業平の恋を邪魔する、いわば敵役《かたき》の存在として描かれ、この歌の解釈にそうした読みを関わらせる考える方もあるが、ここでは賀の歌とみておきたい。

*堀河の……―堀河の太政大臣の四十歳のお祝いを、九条の邸で行った時に詠んだ歌。

*陽成天皇―第五十七代天皇。清和天皇の第一皇子。母は二条后高子。(八六八―九四九)。

*二条后高子―→01「ちはや

基経の四十賀は、貞観十七年（八七五）に九条の家で行われた。アラフォーという言葉が、近年流行語大賞に選ばれたが、現在の溌剌《はつらつ》とした働き盛りのアラフォーとは違って、当時の平均寿命は短い。四十賀は、長生きしましたねというお祝いで、老境に入ったしるしである。以後、五十賀、六十賀と、十年ごとに近親者によって算賀《さんが》の祝いが行われた。

歌はまず、桜花に呼びかける頓呼法《とんこほう》で始まり、上二句が下三句と倒置される。上四句までは、「散り」、「かひくもれ」、「老いらく」と、賀の歌にふさわしいめでたい語は一切登場せず、不吉な言葉のオンパレードである。披露される歌の帰趨《きすう》を一同は固唾《かたず》を飲んで見守っていたに違いない。しかし、結句の「まがふがに」が詠まれた時、それまでのすべてが反転し、めでたい賀の意をもって歌が閉じられる。花に散りかいくもれと呼びかけたのは、老いがやって来る道を紛《まぎ》らわすためであった。

だが、アクロバティックな歌を詠む業平*らしい決着に安堵の笑みを受かべる満座の人々の心には、花吹雪の影から不意に現れる「老いらく」の姿がまざまざと刻印されてしまう。意味として打ち消されても一度言葉として提示されたものは、それが印象的なものであればあるほど、人の心に鮮明な跡を

ぶる」、03「大原や」

*業平らしい―この歌については兄の行平を作者とする異本も存在する。

残す。修辞的残像と呼ばれるものである。

「老いらく」とは、動詞「老ゆ」を「らく」という接尾語によって名詞化した「老い」の抽象概念であるが、業平はそれを擬人化する。現在は、年末恒例のテレビ番組「行く年来る年」のように、「年」や「老い」がやって来るという表現にことさら擬人法であるという意識は抱かないが、当時は斬新《ざんしん》な表現であった。

『古今集』には「*老いらくの来むと知りせば門《かど》さしてなしと答へて逢はざらましを」という、「老いらく」を擬人化した歌がもう一首みられる。老いから逃れたい自身の心を戯画化する、ユーモラスで、万人が膝を叩《たた》きそうな歌であるが、昔三人の翁が詠んだ歌の一つであるという左注がつけられている。業平歌にも「来むといふなる」と伝聞の「なる」が使われており、この「老いらく」については、何らかの伝承があったことを思わせる。

散り交う花が道をいくら掻《か》き消したところで、老いの到来は避けられない。嵐のように桜が舞い散る陶酔境のなかから忽然《こつぜん》と現れる「老いらく」とは、爛漫《らんまん》の美と対極にあるようで、実は隣り合わせのものである。

西行も、「*願はくは花の下にて春死なむその如月《きさらぎ》の望月の頃」と、自らの

*老いらくの……――老いがやって来ると知っていたら門を閉ざして、留守だと答えて逢わなかっただろうに。（古今集・雑上・八九五・よみ人しらず）

*願はくは……――どうか桜の花の下で春死にたいものだ、釈迦が涅槃に入られたのと同じ二月の満月の頃に。（新古今集・雑下・一八四五）

死を桜によって荘厳《しょうごん》しようとした。時に業平は五十一歳、桜吹雪に包まれた「老いらく」の幻像を誰よりも鮮やかに見ていたのは、基経よりも実は業平自身であったのかもしれない。

十年後の仁和元年（八八五）十二月二十五日、光孝天皇の主催によって、基経の五十賀が行われた。菅原道真《みちざね》*の詩、藤原敏行*の書、巨勢金岡《こせのかなおか》*の画という当代最高の制作陣による、贅《ぜい》を尽《つ》くした屏風*が彼のために作られたことが知られている。だが、業平はその五年前に世を去っていた。

華々しい五十賀に対して、私邸で催された四十賀の記事は正史に載せられていず、この業平の歌によってそれを知るのみである。彼の養父である良房*の染殿は桜の名所として知られていたが、この基経の九条の邸に桜があったのか、また、本当に四十賀が桜の季節に行われたかどうかということも知ることはできない。だが、寛平三年（八九一）一月十三日に逝去した基経の死を悼《いた》んで詠まれた歌のなかの一首「深草の*野辺の桜し心あらば今年ばかりは墨染に咲け」は、業平が歌を詠んだ、爛漫の桜の下で行われた賀宴を想起して作られたのかもしれない。

『伊勢物語』九十七段にほぼ同じ形で載せられる。

＊菅原道真―平安前期の貴族、学者。右大臣になったが、讒言《ざんげん》にあい、大宰権帥に左遷され、配所で没する。後に学問の神として尊崇される。（八四五―九〇三）

＊藤原敏行―→12「浅みこそ」

＊巨勢金岡―平安初期の宮廷絵師。唐絵を日本化し、新しい大和絵の様式を生み出したとされる。寛平七年（八九五）までの事跡が残るが、確かな作品は伝わらない。

＊贅を尽くした屏風―『菅家文草』一七四〜一七八。

＊良房―→33「頼まれぬ」

＊深草の…―深草の野辺（基経が埋葬された場所）に咲く桜、おまえに悲しみの心があるのならば、せめて今年だけは黒染色に咲いておくれ。（古今集・哀傷・八三二・上野岑雄）

28

大方《おほかた》は月をもめでじこれぞこの積《つ》もれば人の老いとなるもの

【出典】古今和歌集・雑歌上・八七九

特別な時は除き、たいていは月のことを美しいなどと賞《め》でずにおこう。これこそが積み重なってゆくと老いになってしまうものだから。

「大方は」は、「並たいていのことでは」とか「よく考えると」と解釈されるが、現代でも使われる「たいていは」「普通は」と同じ、「特別な時を除くいつもは」という意味で、八月十五夜のような中秋《ちゅうしゅう》の名月の時は例外として愛《め》でるけれど、という余韻を含ませたものと解したい。空の「月」と年月の「月」が掛詞で、空の月を愛でていれば、歳月*の月が積もり積もって「老」となる、というのである。月は、水が積もった陰の気のエッセンスで

＊歳月の月が積もる―暦の問題とも関わっている可能性が高い。

あるとする『*淮南子《えなんじ》』の説も考え合わせると、月になるために水が積もり、その月が積もると老になるという文脈の流れもあると考えられる。

この歌は、「月の顔見るは忌むこと」（『竹取物語』）といった例にみられる*月を忌むという俗信を背景にしているとも、「月明ニ対シテ往時ヲ思フコトナカレ、顔色ヲ減ジ人ヲシテ老イシム」（「内ニ贈ル」・『白氏文集《はくしもんじゆう》』）の影響があるともいわれる。確かにそうも考えられるが、『白氏文集』には友人と八月十五夜の月を賞美する歌があり、わが国では貞観七年（八六五）、*菅原道真《すがわらのみちざね》が二十一歳の時、八月十五夜の*詩宴で詠んだ詩がある。宮中で観月《かんげつ》の詩宴が行われ、そこで歌が詠まれるようになるのは*醍醐天皇《だいごてんのう》の時代まで下るが、菅原家では祖父の代から観月の詩宴が行われていたという。

貞観七年といえば、業平が右馬頭《みぎのうまのかみ》となった年であり、こうした私的な観月の宴の情報は彼の耳にも届いていたに違いない。『古今集』の詞書は「題知らず」で、作歌事情は不明であるが、『伊勢物語』八十八段では、*友人たちと集まって月を見て詠んだ歌とある。観月の宴であったかどうかは不明だが、月を賞美する集まりであった可能性があり、そうした場で詠まれたとすれば、この歌は、やはり業平一流の逆説である。

*淮南子―中国、前漢時代の哲学書。

*月を忌む―「独り寝のわびしきままに起きゐつつ月をあはれと忌みぞかねつる」（後撰集・恋二・六八四・よみ人しらず）という例もある。

*菅原道真―→27「桜花」

*詩宴で詠んだ詩―「八月十五夜、月亭ニ雨ニ遇ヒテ月ヲ待ツ」（菅家文草・一二）

*醍醐天皇―第六十代天皇。宇多天皇の第一皇子。（八八五―九三〇）。

*友人たちと集まって―「いと若きにはあらぬ（さほど若くない）」人々の集いであったとあるのも、この歌に対する十分すぎるほどの説明となっている。

29

世の中にさらぬ別れのなくもがな千代《ちよ》もとなげく人の子のため

【出典】古今和歌集・雑歌上・九〇一

この世の中に、死という避けることのできぬ別れがないといいのになあ。千年だって生きて欲しいと切に願っている子供のために。

業平は*伊都内親王《いとないしんのう》の一人子だったと『伊勢物語』八十四段は伝える。宮仕えが忙しく、*長岡に住んでいた母宮をあまり訪問することができずにいたところ、ある年の暮れに、急ぎの用だといって文が届けられた。文章はなく、歌のみ「*老いぬればさらぬ別れもありといへばいよいよ見まくほしき君かな」とあった。特に用もないのに急ぎだといって息子を呼び出すのは、老いた母の心弱りである。師走《しわす》という時期もそれに加わる。昔は皆一斉に正月に

【詞書】業平朝臣の母の内親王《みこ》、長岡に住み侍りける時に、業平、宮仕へすとて、時々もえまかり訪《とぶら》はず侍りければ、師走ばかりに母の内親王《みこ》のもとより、頓《とみ》の事とて文をもてまうで来たり。開けて見れば、ことばはなくて、ありける歌。

一つ年をとったので、その前月にはとりわけそうした感慨を抱くことになるのだろう。母宮の歌は、日常にかまけて、ともすれば見失いがちになる生の意味を、死という決定的な別れを持ち出すことによって鮮やかに照射してみせた。人は多く大切なものを失った時、それに気付く。歌は、その前に息子にそれを知らせた。衒《てら》うことなき母の情、日頃はしがらみや体面を慮《おもんばか》って言えないストレートな思いである。

「さらぬ別れもあり」という母のことばを、息子は「さらぬ別れのなく」と即座に打ち消す。だが下二句は、「人の子」が普遍的真理を独り言でつぶやくというような形をとる、いわばツイッターである。直球勝負できた母に、息子は同じようにまっすぐな球を投げ返すことはできない。それは、母に素直な思いを伝えられない息子のはにかみのようなものであろうか。

『伊勢物語』八十四段で「千代もと祈る」となっている第四句は、『古今集』では「千代もとなげく」とある。「なげく」は、「祈る」よりも強い語で、実現しにくいことをそうして欲しいと切に願う、嘆願するという意味で、『万葉集』に例がある。歌を少しだけカーブさせた息子の本音、母の歌を目にした業平の深い傷歎《しょうたん》がこの一語に収斂《しゅうれん》されているのである。

（業平朝臣の母の伊都内親王が長岡に住んでおりました時に、業平が宮仕えをするといって、そういつもは訪ね申しあげられずにおりましたので、十二月頃に、母の内親王のもとから、急な用事だといって手紙を持って参りました。開けてみると、文章はなくて書いてあった歌）

＊伊都内親王―桓武天皇の皇女。

＊長岡―平安京に遷都される前の都。京都府長岡京市を中心とする南部の地名。

＊老いぬれば……―年をとると誰もが避けられない別れ〈死別〉があるというので、ますます逢いたい思いがつのるあなたです。

30 つひに行《ゆ》く道とはかねて聞きしかど昨日今日《きのふけふ》とは思はざりしを

【出典】古今和歌集・哀傷・八六一

人生の最後に行く道だとは以前から聞いていたが、それが昨日今日に差し迫ることがあろうとは思っていなかったなあ。

『古今集』では哀傷部、『伊勢物語』では最終の百二十五段にあり、業平辞《じ》*世《せい》の歌とされている。死が目前に迫った人間の実感をありのままに表現した名歌といわれてきたが、何故「今日明日」ではなく「昨日今日」という過去の表現をとるのかということが古来から問題にされてきた。

この歌には同じ助動詞が二カ所用いられている。「聞きしかど」の「しか*」と「思はざりしを」の「し*」で、「聞きしかど」は、「人には遂に行く道があ

【詞書】病して弱くなりにける時詠める。
（病気をして身体が弱ってしまった時、詠んだ歌）

*辞世―世を去ること。

*しか―過去回想の助動詞「き」の已然形。

*し―過去回想の助動詞「き」の連体形。

る」と聞いた過去のある時点を回想したものだが、「思はざりしを」とは、いつの時点を指すのだろうか。「聞きしかど」と同じ過去の時点であるとすれば、その時には死というものが、現在の時点からみた昨日今日のことだとは思わなかったということになる。「昨日今日」とは、その過去の時点からみれば未来*であるが、同時に、歌が詠まれた現在の時点からみた昨日今日をも指すことになる。つまり過去と現在という二つの焦点をもつ、複層する時間が詠み込まれているのである。

だがそうした複式構造の時間のなかで、この歌が詠まれた時点からみた未来は「時間」の形で歌われず、「遂にゆく道」だけが、空間として屹立《きつりつ》している。男は、死と向き合いつつ、過去と現在の時間のみを歌うことによって、かろうじてこちら側に踏みどまっている。そこに歌われているのは、これまで連続すると信じて疑わなかった過去・現在の時間と、未来の時間との断絶である。そこに明日、はない。明日はまだ対岸の、この世では足を踏み入れられぬ異なる時空のなかにある。

業平の没年は元慶四年（八八〇）、時に五十六歳であった。

＊未来―英文法でいう過去未来のようなもので、過去によって規制された、凍結された未来ともいえる。

【補説】―『古今集』は、この歌の次に、業平の次男、滋春が甲斐国への途上で急逝した時の歌「かりそめの行きかひ路とぞ思ひ来し今は限りの門出なりけり（甲斐へはほんのかりそめの行き来の旅路だと思ってやって来ました、それが今では人生最後の死出の旅立ちだったのでした）」（古今集・哀傷・八六二）をあげている。絶妙な配置である。

31

ゆく蛍雲の上まで往《い》ぬべくは秋風吹くと雁《かり》に告げこせ

【出典】後撰和歌集・秋上・二五二

空へゆく蛍よ、雲の上まで飛んでゆくことができるなら、こちらではもう秋風が吹いていますよと雁に告げておくれ。

ここから『後撰集《ごせんしゅう》』*の歌に入る。『後撰集』で業平作とされる歌は十首あるが、うち二首は、他の作者の歌である。残り八首のなかにも、時代の合わない伊勢*との贈答があったりするが、全てが業平歌ではないとも言い切れないので、何首かを取り上げてみることにしたい。

この歌は『伊勢物語』四十五段にあって、『伊勢物語』が成立してから『後撰集』に採られた可能性もあり、業平の歌という確証はないが、夏と秋

*後撰集―二番目の勅撰集。九五一年下命。約千四百首を集める。

*伊勢―古今集時代の代表的女流歌人。

の境の時期を美しい調《しら》べにのせて歌いあげる魅力的な歌である。最後の「こせ」は上代に用いられた助動詞で、願望を表す。蛍は夏の虫、雁は秋に北方から飛来する渡り鳥、蛍に向かって、雲の上まで飛んでゆけるなら、もう秋風が吹いているよと雁に告《つ》げて欲しいと呼びかけているのである。

蛍と雁が同時に詠み込まれている歌は珍しいので、『＊和漢朗詠集《わかんろうえいしゅう》』にみられる＊許渾《きょこん》の詩「＊蒹葭《けんか》水暗《みずくら》クシテ蛍《ほたる》夜ヲ知ル　楊柳風高《ようりゅうかぜたか》クシテ雁《かり》秋ヲ送ル」の影響を受けたのではないかといわれている。確かに蛍と雁が詠み込まれているところ、雁が秋という季節にやってくるとしているところなど、両者の発想は非常によく似ている。許渾の詩は晩夏から初秋の景を詠んだもので、旧暦でいえば八月初旬にあたる。わが国における蛍は、晩夏というよりは、六月から七月にかけての夏の景物とされるが、中国においては秋の虫として詩に詠まれてきた。これは、中国の蛍（アキマドホタル）が、秋に現われることによっている。和歌における蛍は、中国文学の影響を受けて、平安時代の半ば頃まで秋のものとして詠まれていたが、後期以降は夏の虫として歌われるようになり、日本の風土に即した形となる。この歌は、まだ中国文学の影響が強かった時代に詠まれたので、秋に近い晩夏の蛍となっているのであ

＊和漢朗詠集―藤原公任撰。長和二年（一〇一三）頃成立。和歌と漢詩文八〇四首からなる詩歌集。

＊許渾―中唐の詩人。『和漢朗詠集』に十首の詩が入る。詩集に『丁卯集』がある。（七九一―八五四）

＊蒹葭…―葦の生い茂っている水面が暗くなると、蛍は夜になったと知って光を放ち始め、柳の梢高く涼風が吹くと、雁が飛んで来て秋を送り届けてくれる。（『和漢朗詠集』蛍・一八七）

る。
『後撰集』では「題しらず」とあるが、『伊勢物語』の粗筋《あらすじ》は次のようなものである。大切に育てられた娘が男を好きになるが、何も言えぬまま病に伏せってしまい、死ぬ間際になってはじめて親に自分の思いをうち明ける。それを親から聞いた男はあわててやって来るが、娘は死んでしまった。男は女の家で喪に服しながら物思いにふけり、六月のつごもり、暑い頃に管絃《かんげん》の遊びをしていたが、涼しい風が吹いてきて、蛍が空高く飛び上がったので、それを眺めてこの歌を詠んだというのである。「六月のつごもり」、明日からは秋になる夏の終わりの日、それは、半年間の穢《けが》れを祓い流す六月祓《みなづきばらえ》の日であり、大晦日と同様、*亡き魂が訪れて来るのを祀る日でもある。

蛍は、*和泉式部《いずみしきぶ》の「*もの思へば沢の蛍も我が身よりあくがれいづる魂かとぞみる」という歌のごとく、身から抜け出た魂を連想させるもので、それが雲の上まで行けるならと、男の魂の化身ともいうべき蛍に向けて呼びかけているのである。『万葉集』以来、鳥は霊魂を運ぶものとされ、雁は秋に飛来する渡り鳥であるから、*常世《とこよ》、死者の国との往来が可能な存在とされていた。こちらはもう秋風が吹き、秋になったので、あの人の魂を私のところま

*亡き魂―鈴木日出男『源氏物語歳時記』（筑摩書房・一九八九）。

*和泉式部―平安中期の歌人。情熱的歌人として知られ、敦道親王との恋は『和泉式部日記』に描かれている。

*もの思へば……―もの思いをしてると、沢辺を飛び交う蛍の火も、私の身体から抜け出た魂ではないかと思ってみる。（後拾遺集・雑六・一一六二）

*常世―海の彼方にあるとされた不老不死の仙郷。死後の国とも考えられていた。

で運んでくるように雁に伝えておくれと男が蛍に頼んでいるのである。

中国古代の韻文文学である『楚辞《*そじ》』には「招魂」という、さまよう死者の魂を呼び戻そうとする一編があるが、この章段も、生きて相逢《あいあ》うことのできなかった女性の魂をもう一度呼び戻したいという男の切なる思いがこもるレクイエム（鎮魂曲）のような趣がある。

本来は夏の終わりの歌であったものを、『伊勢物語』が、夏の蛍と秋の雁に託して、魂がこの世とあの世を往還するお話に仕立て上げたのであろうが、単なる季節詠とみても、遥かな天空へと馳せる思いが感じられる美しい歌である。

＊楚辞――↓07「名にしおはば」

32

難波津《なにはづ》を今日こそ御津《みつ》の浦ごとにこれやこの世をうみわたる舟

【出典】後撰和歌集・雑三・一二四四

難波の港を今日見た、この御津の浦ごとに見える舟こそが、まさに海を渡ってゆく舟、この世をつらいと思いながら渡る舟であるよ。

【詞書】身の愁へ侍りける時、津の国にまかりて住み始め侍りけるに。

（身の上に苦しいことがありました時に、摂津の国に下って住みはじめました折りに）

難波津《なにわづ》は大阪府の淀川河口あたりの港の総称。御津《みつ》はその港の一つであり、「見つ（見た）」との掛詞。難波津の景が、掛詞「みつ」によって「見つ」という人事の文脈と重なり合い、「うみわたる」によって、海辺の景のイメージの残影を残しつつ、掛詞「倦みわたる」という人事の心情へと転じてゆく、そうした曲折に妙がある。「海」と「舟」は「津」の縁語である。

難波津は＊布引《ぬのびき》の滝と同じ摂津《せっつ》の国の歌枕《うたまくら》。詞書に「身の愁《うれ》へ侍《はべ》りける時、

＊布引の滝――↓02「抜き乱

津国《つのくに》にまかりて住み始め侍《はべ》りけるに」とある「愁へ」が何であるかは定かではないが、『古今集』にみられる、業平の兄*行平《ゆきひら》の歌に付された詞書「田村*の御時に、事にあたりて津の国の須磨といふ所にこもりはべりけるに…」に、「津の国」とあるのを想起させる。業平も兄に連座するようなことがあったのかもしれない。業平は、二十五歳で仁明天皇《にんみようてんのう》の嘉祥《かしよう》二年（八四九）に従五位下に叙せられた後、三十八歳で貞観四年（八六二）従五位上に叙せられるまで、文徳天皇《もんとくてんのう》の時代を中心として十三年間官位を留《と》め置かれる。これは他の兄弟が二、三年から五、六年で一階ずつ昇進するのに比べて異常に長い*停滞である。歴史書には何も記されぬため、具体的にどのようなことがあったかは知ることができず、『後撰集』のこの歌によって業平に不遇の時代があった可能性を推測し得るに過ぎない。

『伊勢物語』六十六段では、摂津国に領地があった縁で、兄弟や友人を引き連れて行った時に詠まれ、人々はこの歌に心を打たれて帰っていったとある。歌の沈鬱な情調に共感したのか、世の中を倦《う》むという、和歌では常套的な厭世《えんせい》の思いを「海」と掛詞とした言葉の綾に感動したのか不明であるが、後者であれば単なる物見遊山の旅であったとみることもできる。

*行平―業平の兄。→02「抜き乱る」

*田村の御時…―文徳天皇の御代に、ある事件に関わって、摂津国の須磨という所に引きこもっておりました時に…。（古今集・雑下・九六二）

*長い停滞―→歌人略伝・付録エッセイ参照。

33

頼まれぬ憂き世の中を嘆きつつ日蔭《ひかげ》に生ふる身をいかにせん

【出典】後撰和歌集・雑二・一一二五

何も期待できぬつらいこの世の中を嘆きながら、日陰に生えている草のような我が身をどうしたらよいのでしょうか。

詞書には「*思ふ所ありて、前太政大臣《さきのだいじょうだいじん》に寄せて侍《はべ》りける」とある。「日」は、天皇や高官の威光《いこう》・恩寵《おんちょう》の*比喩《ひゆ》表現であり、「*日の光藪《やぶ》しわかねば石上《いそのかみ》ふりにしさとに花も咲きけり」という、石上《いそのかみ》に籠もっていた並松という友人が急に官職を得た祝いの歌の例がある。「日陰に生ふる身」とは、そうした恩恵が届かぬ身の上、何とかお願いいたしますと、任官、官位昇進を訴えているのである。こうした歌は、美辞麗句を連ねた漢文の自己推薦書「申し

*思ふ所…―考えていることがあって前太政大臣に贈りました歌。

*比喩表現―↓25「飽かなくに」

*日の光―太陽の光は、草深い藪も差別せずに注ぐので、取り残されたような石上の古い里にも花が咲きま

文《ぶみ》」に添えられることが多かった。

前太政大臣とは藤原良房《ふじわらのよしふさ》、「*桜花」の歌で四十賀《よそじのが》を祝った基経《もとつね》の叔父であり、養父である。良房は、天安《てんあん》元年（八五七）に人臣で初の太政大臣、後に摂政《せっしょう》となり、藤原摂関政治の礎《いしずえ》を築いた人物。父は冬嗣《ふゆつぐ》、妹順子は仁明天皇《にんみょうてんのう》の皇后となった五条后、娘明子《あきらけいこ》は文徳天皇《もんとくてんのう》の女御《にょうご》で清和天皇《せいわてんのう》の母である。勅撰集の詞書はその人の極官《ごっかん》（最高の官位）で示されるから、この歌がいつ詠まれたかはわからない。良房は承和《じょうわ》の変で、業平の父阿保親王《あぼしんのう》を死に追いやった人物とされるから、そうした相手に我が身の不遇を訴えるのは、権力の埒外《らちがい》に置かれた惟喬親王に真心をもって仕え、『伊勢物語』では反藤原氏の歌を詠む業平のイメージが崩されるような印象を受けるかもしれない。

『後撰集』は、*晴《はれ》の歌が多い『古今集』とは逆に、*褻《け》の歌が集成された、面白い勅撰集である。編纂《へんさん》の杜撰《ずさん》さをいわれることもあるので確実ではないが、この歌が業平の作であるとしたら、彼にもこうした普通の人間らしい弱い一面があることをみせてくれるといった意味でも興味深い。32の難波津の歌やこの歌は、*官位を十三年間留め置かれ、摂津にいたことがある二十代の頃に詠まれたという可能性も考えられる。

したね。（古今集・雑上・八七〇・布留今道《ふるのいまみち》）

*桜花―→27「桜花」

*晴の歌―公的な儀式や祝いごとなど正式な場で詠まれる歌。

*褻の歌―日常的な私事の歌。

*官位を―歌人略伝、付録エッセイ参照。

34

大井川《おほゐがは》浮かべる舟の篝火《かがりび》に小倉《をぐら》の山も名のみなりけり

【出典】後撰和歌集・雑三・一二三一

大井川《おおいがわ》に浮かんでいる舟の篝火《かがりび》が明るいので、ほの暗いという名をもつ小倉の山も名前だけのことでありましたよ。

詞書《ことばがき》に「*大井なる所にて人々酒たうべけるついでに」とあって、*大井川に皆で船遊びをして宴をした時の歌である。大井川は、延喜《えんぎ》七年（九〇七）に*宇多天皇が行幸《みゆき》し、供奉《ぐぶ》した*貫之や*躬恒が「大井川行幸和歌《おおいがわぎょうこうわか》」を作ったことが知られるが、これは、それ以前の大井川遊覧の歌となる。

篝火《かがりび》は平安時代になってから現れる語で、『万葉集』では「かがりさし」といわれた。「*篝火《かがりび》にあらぬ我が身のなぞもかく涙の川に浮きて燃ゆらむ」

＊大井なる―大井というところで、人々が酒を飲みましたついでに。

＊大井川―京都府の桂川上流。嵐山渡月橋あたりまでを指す。

＊宇多天皇―第五十九代天皇。仁和三年（八八七）即位。（八六七―九三一）

のように、川面に映る舟の篝火を恋に苦しむ我が身をたとえて詠まれることもあるが、夏の鵜飼いの歌としてもいくつかの例がみられる。たとえば「大井川鵜舟にともす篝火のかかる世にあふ鮎ぞはかなき」（永久百首・一八九・大進）とあるように、大井川は鵜飼の名所でもあったのである。

この歌では篝火が焚かれる夜の情景が詠まれているが、詞書にも歌にも鵜飼という語はない。だが宮内庁書陵部蔵『業平集』には、この歌の第二句は「うかぶ鵜舟の」とあって、はっきりとした鵜飼の情景を歌っている。

*小倉山《おぐらやま》は百人一首に、「*小倉山峰のもみぢ葉心あらば今一度《いまひとたび》の行幸《みゆき》待たなむ」という歌があるように、紅葉の名所として名高いが、ここでは「小暗し（うす暗い、ほの暗い）」を掛けて、大井川の舟の篝火が明るいので、暗いという名をもつ小倉山も形無しの引き立て役であるといったもの。「年を経て」（19）の歌が、深草という地名と草が深いことの掛詞であったのと同様の発想である。

*貫之―→06「唐衣」

*躬恒―凡河内躬恒。歌人で『古今集』撰者の一人。生没年未詳。

*篝火に……―篝火でもない我が身が、どうしてこのように涙の川に浮かんで燃え焦がれているのだろう。（古今集・恋一・五二九・よみ人しらず）

*小倉山―京都市右京区嵯峨にある山。保津川を隔てて嵐山と対する紅葉の名所。

*小倉山峰の……―小倉山の峰のもみじ葉よ、お前にもし心があるのなら、もう一度あるはずの天皇の行幸《みゆき》を散らないで待っていてほしい。

35

いとどしく過ぎ行く方の恋しきにうらやましくもかへる浪かな

【出典】後撰和歌集・羇旅《きりよ》・一三五二

ただでさえこれまで過ぎてきた方角にある都が恋しいのに、うらやましいことに返ってゆく波、私も帰りたいものだなあ。

詞書には「東へまかりけるに、過ぎぬる方恋しくおぼえけるほどに、河を渡りけるに、浪の立ちけるを見て」とある。『伊勢物語』では第七段、業平の東下り《あずまくだ》の開始となる位置にある歌。『後撰集』の業平歌については先に述べたが、この歌も『伊勢物語』が出来てから、それをもとにして『後撰集』に採られた可能性もあるが、決め手はない。

「いとどしく」は副詞「いとど」の形容詞化したもの。そうでなくても一

*東へ—東国へ下った際に、過ぎ去って来た所が恋しく思われる時、河を渡るのに、浪が立ったのを見て詠んだ歌。

層、ただでもさえ、の意。「過ぎ行く方」とは、通り過ぎて来た方、つまり京の方。「方」は、方角、方向であると同時にその方向にある場所もさす。「かへる」は波が打ち寄せては「返る」意と京へ「帰る」意の掛詞、波が「返る」という語に、「帰る」が想起され、一層都恋しさがつのるという心情表現と響き合う語である。

『伊勢物語』では、「伊勢、尾張のあはひの海づらを行くに」と、河の浪ではなく海の浪になっている。海の浪は沖に返るが、川波も岸に寄せては戻ってゆく、いずれにせよ寄せては返す動きをいったもので、浪が「返る」のに寄せて、自分も都に帰りたいという、言葉を契機として望郷の思いをつのらせるのは都鳥の歌*にも通うところがある。業平の東下りの歌は、旅の楽しさ珍しさよりも京への郷愁を詠むものが多く、この歌もその一つである。

この歌の場合は、シンプルな掛詞が使われているが、「逢ふことのなぎさ*にし寄る波なればうらみてのみぞたちかえりける」と、寄せては返る波に恋の情を託して歌う、屈曲した掛詞を用いた歌が、業平の孫の元方《もとかた》によって作られている。

＊都鳥の歌――↓07「名にしおはば」

＊逢ふことの…――私は、逢うことがない渚に寄せる波なので、波が浦だけ見て立ち返るように、あなたに逢えないことを恨むばかりで立ち帰ってくることです。（古今集・恋三・六二六）「渚」と「無き」、「浦見て」と「恨みて」が掛詞、「立ち帰り」は、「男が帰る」と「波が返る」との両義。

歌人略伝

天長《てんちょう》二年（八二五）生。別名在五中《ざいごちゅう》将《じょう》とも呼ばれた。在五とは、在原氏《ありはらし》の五男で、右近衛《うこのえの》権中将《ごんのちゅうじょう》であったことによる。父は平城天皇《へいぜいてんのう》の第一皇子阿保親王《あぼしんのう》、母は桓武天皇《かんむてんのう》の皇女伊《い》都内親王《とないしんのう》（叔母と甥の結婚）、れっきとした天皇家の血筋であるが、まだ物心もつかぬ二歳の時に、父の奏上《そうじょう》によって、兄行平《ゆきひら》、守平《もりひら》らとともに姓を賜《たまわ》り、在原氏を名乗ることになった。嘉祥二年（八四九）、二十五歳の時に従五位下となるが、以後三十代の半ば過ぎまで官位が停滞する。清和天皇《せいわてんのう》の時代、再び昇進が始まり、貞観四年（八六二）に従五位上に叙せられ、以後右馬頭《みぎのうまのかみ》、右近衛権中将、蔵人頭《くろうどのとう》と、主として武官を歴任しつつ、順調に地位が昇り、元慶四年（八八〇）五月二十八日、五十六歳で世を去った。

『日本三代実録』には、容貌、姿形が美しく、自由奔放で社会規範にとらわれず、あまり漢文の学才はないが、和歌が得意であったと記されている。『古今集』仮名序では、小野小町、僧正遍昭らとともに六歌仙《ろっかせん》の一人にあげられ、子の棟梁《むねやな》、滋春《しげはる》、孫の元方《もとかた》は歌人として知られた。文官というよりは武官、いわゆる体育会系の、歌が得意で美男という閲歴からか、後世の歌仙絵に弓を帯する随身《ずいじん》姿として描かれることが多い。また、『伊勢物語』の主人公とされ、二条后《にじょうのきさき》・藤原高子《ふじわらのたかいこ》や、惟喬親王《これたかのみこ》の妹である伊勢斎宮恬子内親王《いせさいくうやすこないしんのう》と禁忌《きんき》の恋をする伝説的人物に仕立て上げられてゆく。紀有常《きのありつね》とも交流があり、その女《むすめ》を妻とし、彼とともに文徳天皇《もんとくてんのう》の皇子惟喬親王に仕えた。

略年譜

年号	西暦	年齢	業平の事跡	歴史事跡
天長 二年	八二五	1	誕生。	
三年	八二六	2	在原氏を賜姓。	
承和 八年	八四一	17	右近衛将監となる。	
九年	八四二	18		嵯峨上皇崩御。承和の変。阿保親王薨ず。藤原高子誕生。
十二年	八四五	21	左近衛将監となる。	
十四年	八四七	23	蔵人となる。	
嘉祥 二年	八四九	25	従五位下となる。	
三年	八五〇	26		仁明天皇崩御。文徳天皇即位。惟仁親王（清和天皇）誕生、皇太子となる。
天安 二年	八五八	34		文徳天皇崩御。清和天皇即位。
貞観 元年	八五九	35		高子従五位下となる。恬子内

				親王伊勢斎宮となる。
三年	八六一	37		伊都内親王薨ず。
四年	八六二	38	従五位上となる。	
五年	八六三	39	左兵衛権佐となる。	
六年	八六四	40	左近衛権少将となる。	
七年	八六五	41	右馬頭となる。	
八年	八六六	42		高子女御となる。
十一年	八六九	45	正五位下となる。	
十四年	八七二	48	渤海使を労問する。	惟喬親王出家する。
十五年	八七三	49	従四位下となる。	
十七年	八七五	51	右近衛権中将となる。	
元慶　元年	八七七	53	従四位上となる。	陽成天皇即位。高子中宮となる。
二年	八七八	54	相模権守となる。	
三年	八七九	55	蔵人頭となる。	
四年	八八〇	56	美濃権守となる。死去。	清和上皇崩御。基経関白太政大臣となる。

解説

「伝説の基層からの輝き――業平の和歌を読むために」――中野方子

はじめに

本書は、和歌文学の側から業平《なりひら》の歌を読むという試みである。だがそれはあまりぱっとしない地味な作業だ。『伊勢物語』の業平は、二条后《にじようのきさき》や斎宮《さいくう》との禁じられた恋に身を焦がし、破滅を物ともしない情熱的な冒険者、時の権力に背を向けた惟喬親王《これたかのみこ》に熱い忠誠の情を抱く、不遇だが、華やかで魅力的な人物として描かれ、多くの人々の心をとらえ続けてきた。ところが『古今集』の業平は、后や斎宮との秘事など、それらしくはあるけれど、人物名などが寸止めにされていて、本当にあったことかどうかがよくわからない。実はそれほどでもなかったのですと、せっかくの逸話に水をかけるなど、割に合わないお役目ではないかといいたくもなる。だが『伊勢物語』に描かれるのは、実在の人物とは少し異なる、作者の眼を通して作られた虚像、幻の業平像である。そうした伝説をできる限り削ぎ落として、『古今集』と『後撰集』に収められた業平の歌を虚心に眺めることによって見えてくるものはないだろうか。業平の歌はそうした伝説のヴェールを取り去った後でも、なお人々の心を動かすだけの輝きをもっているはずである。これはそうした業平の歌の原点を見直す試みでもある。

では業平の実像とは何か、ということから始めてみよう。

体貌閑麗《たいぼうかんれい》、放縦不拘《ほうしょうふこう》―業平《なりひら》の人物像―

小野小町《おののこまち》と並んで多くの伝説に包まれた業平の実像を知るための資料はそう多くない。現在信頼できるとされるのは、『日本三代実録《さんだいじつろく》』の元慶四年五月二十八日条にみられる業平の卒伝(1)で、官歴を紹介した後、業平について「体貌閑麗《たいぼうかんれい》、放縦《ほうしょう》ニシテ拘《とら》ハレズ、略《ほぼ》才学無ク、善ク和歌ヲ作ル。(姿形が上品で美しく、自由奔放に振る舞って社会規範の枠のなかにとらわれない、あまり漢詩文の学才は無いが、和歌は得意であった)」と簡潔に記されている。これを手がかりにしてみよう。

まず、業平は「体貌閑麗」、美貌で姿の美しい男であったという。おそらくこれは動かない。「放縦ニシテ拘ハレズ(放縦不拘)」とは、形式的な習慣や社会規範を嫌い、勝手気ままに発言、行動するさまで、中国の竹林七賢の一人、阮籍《げんせき》に用いられる表現である。阮籍《げんせき》はそうした行動がもとで殺されるが、そんな無謀さは、業平の父阿保親王よりは、還暦を過ぎてから唐に行き、さらに天竺(インド)を目指した叔父、高岳親王《たかおかしんのう》に通じるものがある。業平の無謀さとは、高岳親王のような宗教的求道ではなく、美男であったということ、何人もの女性と歌を贈答していることから、様々な女性との恋を含めた奔放な行状を指すことになるだろう。彼は二十五歳から三十八歳という青・壮年期、従五位下から従五位上に叙せられるまでに十三年もの長い年月を費やした。目崎徳衛氏の、業平伝説の核となった青春無頼の行動の大部分がその時代にあり、二条后、斎宮との恋は虚構だが、それに類する女性との恋があったのではないかという推測はおそらく当たっている。[2] こうした奔放さは、帰化人の子孫である百済王《くだらのこきし》敬福の薨伝《こうでん》に「放縦不拘、頗《すこぶ》ル酒色ヲ好ム」（『続日本紀《しょくにほんぎ》』天平神護二年六月二十八条）と業平のものとよく似た記述があることから、百済王氏の血に関わるという説もある。[3] 業平の祖父は母方が百済王氏である桓武天皇《かんむてんのう》で、母の伊都内親王《いとないしんのう》の母方も百済王氏の血を引く。業平の美男、情熱的、奔放という性向が古代朝鮮王朝の一つである百済王家の血筋に由来するとみるのは、昨今の韓国ドラマの人気を思い合わせてみるとなかなか面白い。

「体貌閑麗」は、『文選《もんぜん》』の「登徒子好色賦《とうとしこうしょくのふ》」に見られる語である。[4] 登徒子という男は宋《そう》玉《ぎょく》の才能を妬み、楚王に「宋玉は美男（体貌閑麗）で才能もありますが、好色な人間なので、彼を連れて後宮には行かれませんように。後宮の美しい妃たちと面倒なことが起こるかもしれませんから。」と忠告した。この話には「体貌閑麗」に「好色」、さらに妃との恋まで揃っている。だからといって、二条后との恋は事実であったとするのは早計で、これは、あくまでも中国のお話、しかも登徒子の中傷、仮定であるから、こうした逸話をヒントにして、業平の伝説ができ上がっていった可能性の方が高い。

残る「略《ほぼ》才学無ク」、業平は学問がなかったのか。当時才学といえば漢才のことを指した。業平の歌が漢詩文の影響を受けていること、渤海客史《ぼっかいかくし》の接待役を務めていることからみて、当時の官人として必要な知識は十分備えており、漢詩文を綴《つづ》る才はなかったが、それらを理解し、和歌の表現として取り込むことは十分可能だったとみてよい。

善作和歌―業平の歌―

最後の「善作和歌」はどうか。彼の歌は、『古今集』三十首、『後撰集』十首（うち二首は仲平）、『拾遺集』三首、『新古今集』十一首、『新勅撰集』以下『新続古今集』には三十三首、二十一代勅撰集には計八十七首入集されている。(5) だが、『拾遺集』以下のものは概ね『伊勢物語』からの入集であり、私家集の『業平集』（業平の個人歌集とされるもの）は他撰本といって、『古今集』『後撰集』『伊勢物語』を資料として編纂したものであるから、業平作として信頼できるのは『古今集』と、『後撰集』の一部の歌しかない。伝説的歌人として名高い業平の確実な作品は意外に少ないのである。因みに『古今集』三十首の業平歌は、四季歌五首、恋歌十一首、雑歌九首、その他五首となっていて、恋の歌が多い。何人もの女性と恋歌を贈答しているのは、やはり「体貌閑麗、放縦不拘」を地でいっていると言えようか。

『古今集』仮名序は、業平の歌を「その心余りてことば足らず、しぼめる花の色なくて匂ひ残れるが如し」と評した。言い回しや比喩などが巧みというわけではないが、表面に表しきれない心、花のなかにこめられた香りが長くとどまっているというのである。むろん業平の歌にも、逆にことば余りて心足らずのもの、いずれにもあてはまらないものもある。だがその本領は「心余りてことば足らず」、三十一文字という限られた枠内に全てを盛り込むことができず、その外にあふれ出す心とのせめぎ合いの中で生まれた歌にある。両極を揺れる心は対義語や疑問、反語、否定や反実仮想《はんじつかそう》の表現となり、真摯な思いの強調は畳語となる。特に疑問、反語、否定、反実仮想は、歌われなかったもう一つの世界を想像させる、振幅の大きな修辞であり、読者や聞き手も、ともに揺ぎつつ、言葉に盛りきれずに歌の枠からあふれ出ようとする彼の感情の奔流の渦にいつか巻き込まれてゆく。「放縦不拘」の血は、和歌のなかにも流れているのである。あるいはそこに薬子《くすこ》の変、承和《じょうわ》の変といった祖父と父の挫折を、深層において受けとめた業平の傷ついた魂の淵源を見ることができるのかもしれない。

業平の歌は長い詞書《ことばがき》がつけられていることが多く、詞書の少ない『古今集』では目立つ存在であり、しかも巻頭といった要所に置かれ、別格の扱いである。撰者たちは、そうした例外を認めても、業平の歌を、伝えられていた形のままで残したかったのであろう。こうした長い詞書こそが「ことば足らず」の歌を補い、両者が一体となって業平独自の叙情的な歌の世界を作り出してゆく。

また彼の歌は、歌を向ける相手への角度が多面体のプリズムのようにくるくると変化する。贈答歌でありながら、独詠歌のようであったり、途中から独詠歌のようになったり、あるいは、途中から相手ではなく世の中全体を相手にするというような詠みぶりもあって、まさに今はやっているツイッターを既に取り入れているかのようなものもある。歌の方向が変化するというだけではなく、自身がさまざまなものに成り変わる。女性や、桜になるのではないかという解釈をしたものもあるが、それはあたかも、役者が演劇において、さまざまな人物や動物や植物、ひいては風のような自然現象を演ずることとよく似ている。そうした演技者的資質は当時の歌人にも必要とされたのではないか。相手の立場になって歌を詠むこともある、ということも述べた。それは業平の贈答歌において、時に、業平の作ではない歌の方がずっとよいことがあるということとも深く関わるのかもしれない。業平は贈歌も答歌も、さらにはその双方を即座に詠んで、独詠、贈答、唱和という和歌の一般的・常識的な分類の枠を軽々と超えてしまう。

　最新の漢詩文の類型や、おそらくは法会《ほうえ》で講師《こうじ》によって語られた仏典に由来する表現なども彼は積極的に歌に取り入れた。それは天性の恵まれた才に加えて、百済王氏の血による進取の気性が加わっていたからであるのかもしれない。だが忘れてならないのは、そうした新しい表現を取り入れたことばが、歌に複雑な感情内容を折り込むと同時に、彼のひたぶるで切実な直情に齟齬《そご》することなく、ぴたりと添うていることだろう。彼の心は、それでもそこに盛りきれずに溢れ出る。聞き手はその心を正確に受け止めて、深く心動かされるのである。

「物の見えたるひかり、いまだ心に消えざるうちに言ひ留むべし」（三冊子）という芭蕉のことばがある。「光」とは、造化の本質が顕現する瞬間をいうのであろう。そうした一瞬が、心の中で消え去ってしまわぬうちに表現せねばならないというのだ。業平の歌も多くは、そうした光が見えた時、消えぬうちに言い留めたものである。だが、彼の場合、芭蕉のように自然の造化の妙に対する感動を歌うよりはむしろ、心という、眼にみえぬ、しかも動いてやまぬものを捉えようとすることに関心が向いていたように思われる。それゆえに業平の歌は、桜を詠んでも、単に桜の美を讃えるのではなく、一旦《いったん》はそれを消し去ろうとするような激しい心の動きが透けて見えてしまう。無と有、夢と現といった、対極の間で逡巡する心が、そのまま歌として象《かたど》られる。そのために彼は、さまざまな新しい技法を駆使し、さまざまなものに成り変わって、何とかしてそうした心の刹那の動きを歌い留めようとしたのではなかったか。

触れる者たちに、限りない想像力をかき立ててやまない業平の歌を、かつて室伏信助氏は、「物語を喚びおこすうた」であるとされた。[6]「心余りてことば足らず」と評された業平歌が、読む者に無限の想像力を与え、その想像力はまた無数の物語のことばを喚びおこすというのである。業平歌の魅力を一言で言い表す、まさに至言である。業平伝承の基軸となる『伊勢物語』のなかで、最も大きな輝きを放っているのはまぎれもなく彼の歌なのである。

『伊勢物語』と『古今集』における業平歌

『古今集』入集の業平歌三十首は全て『伊勢物語』に載せられている。『古今集』業平歌の長い詞書は、『伊勢物語』の本文と類似するもの、微妙に異なっているもの、大きく異なっているものがある。『古今集』と『伊勢物語』はどちらが先にできたのか、これもなかなか難しい問題である。平安時代の原資料が残されていないために、決定的なことがいえないのだが、現在では大きく分けて二つの流れがある。現存する『伊勢物語』は、『古今集』以前から成立した原『伊勢物語』をもとに三段階にわたって増補されて出来たとする説と、[7]『古今集』をもとにして一回的に成立したという説[8]である。三段階成立説は、原『伊勢物語』が『古今集』の業平歌とその詞書に影響を与え、その後も増補を重ねて成立したとするが、一回成立説は、『古今集』の撰集材料となった基礎資料を核として『古今集』がその上に円を描き、『伊勢物語』がさらにその上に円を描くというように、『古今集』と『伊勢物語』が、もとの円を含みつつ広がる同心円のようなものであると考える。だが、いずれにせよ、どちらの説も、基本資料として『古今集』の業平歌を抜きにして考えることはできないのである。

おわりに

『古今集』や『後撰集』の業平歌は、『伊勢物語』と共鳴しつつ、『源氏物語』をはじめとする後代の文学、文化に大きな影響を与えてゆくカノン（聖典）となってゆく。その魅力を探るべく、『古今集』、『後撰集』の業平歌を読み解くという努力をしてみたが、力が及ばなかったところも多々ある。解釈についてはこれまでの研究史を尊重しつつ、いくつかの新しい読みを試みているので、最大公約数的な読みではない場合もある。一般的な解釈を知りたくなったときは、読書案内にある本などを手がかりとして、是非、それぞれの業平ワールドを深めていってもらいたいと切に願うものである。

（1）四位・五位、諸王の死去の際に、その人の一生の事跡を記したもの。

（2）「付録エッセイ」参照。

（3）吉海直人「在原業平」（和歌文学講座4『古今集』・勉誠社・一九九三）など。

（4）渡辺秀夫『平安朝文学と漢文世界』（勉誠社・一九九一）。

（5）『新編国歌大観』による。

（6）室伏信助「物語を喚びおこすうた」（『国文学』24―1）

（7）片桐洋一『伊勢物語の研究』（明治書院・一九六八）

（8）仁平道明『物語論考』（武蔵野書院・二〇〇九）

読書案内

『在原業平・小野小町』（日本詩人選6） 目崎徳衛 筑摩書房 一九七〇
　業平研究に新しい地平を開いた『平安文化史論』の作者による一般向けの業平論。俳人でもあるので、和歌の解釈にも鋭い目が光る。第一に薦めたい業平入門の決定版。
『在原業平』（王朝の歌人3） 今井源衛 集英社 一九八五
　歴史資料を駆使した実証的研究をふまえつつ、『伊勢物語』の記述をそのなかに組み込もうとする立場で業平の生涯を描こうと試みる。史書、漢詩文とのかかわりについても詳しい。
『天才作家の虚像と実像 在原業平 小野小町』（日本の作家5） 片桐洋一 新典社 一九九一
　史実の業平と『伊勢物語』に描かれる業平像を峻別しつつ、原初段階の『伊勢物語』は『古今集』以前に成立したという立場に立つ、『伊勢物語』研究の大家による一般向けの書。

○

『伊勢物語―付現代語訳』（角川ソフィア文庫） 石田穣二 角川書店 一九七九
　『伊勢物語』の名訳として名高い。本文、脚注、補注、現代語訳、解説、業平卒伝、略系図、略年譜、和歌索引、語彙索引からなる。詳しい補注付きで、解説も必読。
『恋する伊勢物語』（ちくま文庫） 俵万智 筑摩書房 一九九五

現代感覚の『伊勢物語』入門として読みやすい本。なお作者は『竹取物語　伊勢物語』（少年少女古典文学館・小学館・一九九一）の『伊勢物語』を担当し、和歌を全て現代短歌に訳している。併読をおすすめしたい。

『伊勢物語の水脈と波紋』　島内景二　翰林書房　一九九八
文学、美術、音楽などさまざまなジャンルにおいて、『伊勢物語』がどのように享受されてきたかを探る。中世から近世、近代にわたる『伊勢物語』受容を知るためには格好の書。

『見果てぬ夢　平安京を生きた巨人たち　在原業平・平清盛・後白河院・後鳥羽院』　JR東海生涯学習財団編　ウェッジ　二〇〇五
第一章が在原業平。在原神社、渚の院跡、八橋などカラー図版が多数収載されていて楽しい。山本登朗氏の講演録が、最新の『伊勢物語』研究を簡潔にまとめていて有益である。

『伊勢物語』（笠間文庫―原文&現代語訳シリーズ）　永井和子　笠間書院　二〇〇八
『伊勢物語　全対訳』（創英社・一九七七）の再版。見開きで現代語訳が参照できるようになっており、ハンディ版として便利。和歌の現代訳に工夫が見られ、最後に付された室伏信助氏の『伊勢物語』天福本についての報告は貴重である。

『昔男の青春「伊勢物語」初段〜16段の読み方』（新典社新書45）　妹尾好信　新典社　二〇〇九
昔男（業平）の青年期だけを対象としているが、よく考え抜かれた、平易でわかりやすい入門書である。最新のお薦め本。

◯

『古今和歌集』（角川ソフィア文庫）　高田祐彦訳注　角川書店　二〇〇九

『古今集』の注釈書のなかでは、入手しやすいハンディ版。研究の現段階を踏まえ、文庫本としては解説も詳しい。本文と訳が左右見開きで対照となっているところに工夫がある。

『古今和歌集』（ちくま学芸文庫）　小町谷照彦訳注　筑摩書房　二〇一〇

名著として知られる『現代語訳対照　古今和歌集』（旺文社文庫　一九八二）を復刊したもの。一冊のなかに歌枕、歌人の解説だけではなく歌語索引も付されているので、非常に便利である。訳も明快かつ正確で、長らく絶版であったものが再び入手できるようになったことを喜びたい。

【参考】インターネット上のＨＰ（研究者サイト、大学図書館）

伊勢物語（関西大学図書館電子展示室）

愛知教育大学田口研究所

ようこそ　伊勢物語ワールドへ

奈良大学図書館

広島大学図書館

在原業平（抄）

日本詩人選6『在原業平・小野小町』（筑摩書房　一九七〇年）

目崎　徳衛

一体業平の官歴には、こうした退隠の身となり、こうした憂悶を洩らすべき時期があったかどうか。正史によれば、業平は二十五歳の時無位から従五位下になり、しかも三十八歳の時一段下の正六位上から従五位上に昇っている。両方を突合せると、彼はこの十三年間のどこかで、一旦位を剝奪《はくだつ》または下降させられたことになる。それならば業平はたちまち悲劇の人となるが、しかし正史の官職記事には間々誤りもあるので、簡単に業平の身に異変があったと想定することはできない。「古今和歌集目録」や「三十六人歌仙伝」を参照とすると、業平は二十代の初めに左近将監《さこんしょうげん》に任ぜられ、次いで二十三歳の時蔵人《くろうど》に補せられた。蔵人は天皇の御在所清涼殿に勤仕し、左近将監は行幸の供奉《ぐぶ》などをする、ともに晴れがましい職である。しかも両方とも六位相当の地位だから、業平は二十代の初めに正六位下になり、二十五歳従五位下、三十八歳従五位上と順次に昇進していったと、わたくしは推定している。

業平をなるべく悲劇の人としたいという潜在意識はもとよりわたくしにもあるらしいが、考証の結論ははなはだ散文的なことになる。ただし、たとえ剝奪や下降が無かったとしても、十三年間も従五位下に停滞したのは、かなり異常である。業平の兄弟はみな型のごとく二、三年から五、六年毎に一階ずつ昇進しているし、業平自身も後にはこんな停滞をしていない。彼が二十代後半から三十代の終りまで、例外的な冷飯を食っていたことは間違いないのである。おそらくその間彼は決った職務のない「散位《さんに》」でくすぶっていたのであろう。では、輝かしい蔵人・左近将監を経た皇孫業平がそんな逆境に転落したのは、政治的圧迫によるものであろうか、それとも身から出た錆なのであろうか。

　在原氏全体や業平個人が、独裁的権力を確立しようとする藤原氏に抵抗して不遇や追いやられたとする、判官贔屓《はんがんびいき》的通念は古くからあった。そう思ってみれば、なるほど業平は皇位継承から排除された平城天皇の系統に属するし、後に述べるように、藤原氏のために皇太子となる道をはばまれた惟喬親王と浅からぬ関係を持った。反藤原氏的行動とその結果としての不遇を業平に期待（?）した後人の心理も、当然といえば当然である。この心理は、業平とおぼしき「かたゐおきな」（乞食老人）が大臣・親王たちの華かな酒宴の席にあらわれて、みじめにも板敷の下に這いつくばって歌を詠ませられたという、伊勢物語八十一段の説話などによって支えられる。昔男の無残な零落を、後世の読者は事実譚と錯覚し、不羈《ふき》奔放な色好みと乞食老翁との対照のけざやかさに魅惑されて来たのである。

　ここで先廻りして言及しておくが、あいにく業平の晩年は「かたゐおきな」とは程遠いものであった。十三年間の停滞を脱した四十代以後の彼は、主として武官を歴任しつつ順調に地位が昇る。伊勢物語によく出てくる「右馬頭《うまのかみ》」になったのは四十一歳。これには十二年間在任して、五十三歳の時「在五中将」という通称のもとである右近衛権中将に転じた。位階の最高は従四位上であったが、これは親王の五男としてはまず相当な所である。殊に死の前年には、この全く政治性に欠ける人物が天皇と太政官との連絡に当る要職の「蔵人頭《くろうどのとう》」に抜擢されてもいる。蔵人頭の次に予想されるのは公卿の一員たる「参議」であるが、恨むらくは天は業平にそれ以上の寿を恵まなかった。つまりもし業平に青年期の十三年間の停滞がなかったなら、又もし十年ほど生命長らえたならば、彼は兄行平と同じく参議・中納言に昇るのも不可能ではなかったのだ。もっとも兄のように昇進しなかったとしても、それは官人としての器量の差で仕方がない。ともかく颯爽たる頭中将と伊勢物語の「かたゐおきな」との間には霄 壌《しょうじょう》の差がある。後人は伊勢物語の創造した巧妙極まる昔男像の虚構に、マンマとしてやられたのであった。

このように考証すれば、きびしい政治的圧迫を、在原氏全体や氏人業平の上に想定するのは、残念ながら全く見当外れである。しからば二十代後半から三十代終りまでの十三年間の停滞は、業平個人の無頼の青春が招いたものとしか考えようがない。それも斎宮や高子などとの法外なスキャンダルによる処罰の結果とすれば最も劇的であるが、恋や風流にふけって勤務を怠ったという常識的な理由も当然考えられる。律令官人には厳格な勤務日数基準が制定されていて、その官僚的非情にはみやびやもののあわれの介入する余地がない。「なま宮仕へ」して布引の滝あたりを遊覧することや、「起きもせず寝もせで夜を明かしては」春雨を眺め暮らすことは、どうも昇進栄達とは両立しないのである。

しかしこうした逸脱の行動様式こそ、歌人業平を形成する土壌であった。その報いで「身のうれへ」に沈淪することも、歌人的成長の代償として免れえないことであった。そして三十代後半に至って、さすがに無分別な業平もつくづくと身の行末を思い遣ったのかも知れない。そうした悔恨が「難波津を」の歌に託されているのであろう。

悔悟してすこしばかり身を謹みさえすれば、門地の高さが順調な官歴をふたたび彼に保証する。しかしそんな分別くさい中年官人などに何の魅力も感じない伊勢物語作者は、ここで現実の業平を置去りにして、同情の涙を誘うべき不遇の老翁を造型した。そこに物語作者の卓抜な手腕をみることは重要であるが、モデルと主人公を混同することは許されない。業平は伊勢物語の虚構に依らなくとも、独立の作品評価に堪えうる歌人だというのが、わたくしの持論である。

中野方子（なかの・まさこ）
＊1951年東京生。
＊お茶の水女子大学大学院・立正大学大学院修了。文学博士。
＊元　お茶の水女子大学・法政大学非常勤講師。
＊主要著書
『平安前期歌語の和漢比較文学的研究』（笠間書院）
『伊勢物語虚構の方法』（共著・竹林舎）
『源氏物語と東アジア』（共著・新典社）
『三稜の玻璃―平安朝文学と漢詩文・仏典の影響研究―』（武蔵野書院）

在原業平《ありわらのなりひら》　コレクション日本歌人選　004

2011年3月25日　初版第1刷発行
2014年2月20日　再版第1刷発行
2025年2月20日　再版第2刷発行

著者　中野　方子
監修　和歌文学会

装幀　芦澤　泰偉
発行者　池田　圭子
発行所　有限会社　笠間書院
東京都千代田区神田猿楽町2-2-3［〒101-0064］
NDC分類 911.08　電話　03-3295-1331　FAX　03-3294-0996

ISBN978-4-305-70604-1

印刷／製本：シナノ
乱丁・落丁本はお取り替えいたします。　（本文用紙：中性紙使用）